**P**

Gabriele Wohmann

# *Bleibt doch, über Weihnachten*

## Erzählungen

Pendo
Zürich München

## Zu diesem Buch

Um Weihnachten kommt niemand herum, das zeigen die Erzählungen von Gabriele Wohmann. So sehr ihre Figuren sich auch auflehnen, trotzen, das Fest ignorieren oder umdeuten möchten, schlußendlich kann sich niemand diesem mit Erwartungen, Hoffnungen und Erinnerungen aufgeladenen Tag entziehen. Aber es geht nicht um ein leeres Ritual. Unerwartet brechen existentielle Fragen in den Alltag ein. Zwei alte Schwestern, die sich in ihrer »Ranch« eingerichtet haben, bewegen sich traumwandlerisch zwischen Lebensgefahr und Todessehnsucht. Vater und Sohn, die Weihnachten bei Bekannten verbringen, werden mit ihrer Unfähigkeit, sich mit der Krankheit der Mutter auseinanderzusetzen, konfrontiert. Durch alle Geschichten zieht sich wie ein roter Faden ein subtiler Humor, der entlarvt, ohne zu verurteilen: das Bemühen, den Abend – und das Leben – mit einem schönen Fernsehfilm doch noch zu retten, ein politisches Engagement, eine political correctness, die sich selbst ad absurdum führt und sich vor allem in politisch korrekten Gerichten ausdrückt.

Gabriele Wohmann, geboren 1932 in Darmstadt, gehört zu den bekanntesten deutschen Schriftstellerinnen. Ihr umfangreiches Werk wurde mit zahlreichen Literaturpreisen ausgezeichnet. Bei Pendo zuletzt erschienen: »Frauen machens am späten Nachmittag. Sommergeschichten« (1999) und »Abschied von der Schwester« (2001).

# Inhalt

## Schreib mal was
## mit glänzenden Kinderaugen

Das Abendessen hatte mein Vater gekocht und eine Käsesauce ausprobiert. Meine Mutter unterbrach uns bei Tisch
immer wieder, um ihm zu huldigen und von der Sauce zu
schwärmen. Er ist ihr in der Küche überlegen, und sie sagte:
Drei Kochplatten gleichzeitig überwachen – ich hätte nie
die Nerven dazu, was wir alle längst wissen, weil sie es oft
sagt. Zwei Platten warens heut abend nur, Schatz. Mein
Vater verbesserte sie sanft, aber sie wollte nicht runter von
ihrem Trip und rief: Dann ist eben die Salatschüssel Nummer drei, und mein Vater grinste ganz zufrieden, aber ich
fand, auch ein bißchen vorsichtig. Wenn meine Mutter in
dieser Theaterstimmung ist, kann es leicht einen Um-
schwung geben. Trotzdem fühlte ich mich gut, und das ist
kurz vor Weihnachten erstaunlich, weil da meine Mutter
ziemlich schwierig werden kann. In diesem Jahr würde es
wegen Hannchen vielleicht Probleme geben. Ich hatte mal
Gesprächsfetzen zwischen meinen Eltern mitgekriegt, als
sie nicht wußten, daß ich nebenan vom Wohnzimmer zwischen den Bücherregalen im »Oxford Advanced Learner's«

7

noch mal »murder« und »murderer« überprüfte, und sie, da bin ich sicher, übers Hannchen redeten, und meine Mutter sagte: Gut, man ist ein Problem los, aber das ist schon wieder ein neues Problem. Weil es gemein von mir ist. Ihr schlechtes Gewissen kriegt sie jedesmal, wenn sie sich von einer Last befreit fühlt. Mein Vater versucht, es ihr auszureden. Er sagt: Sie vermissen, das tust du ja auch. Vielleicht gehts meiner Mutter mit Gewissensbiß besser als ohne, deshalb widerspricht sie: Ja, schon, aber nicht genug. Meine Eltern haben alle beide recht.

Während mein Vater die restliche Salatportion verteilte, erwähnte er die Essenseinladung zu den Streckers und daß meine Mutter sich bald entscheiden müßte, und das hätte er besser gelassen. Ich hoffte, sie würden gehen. Es wäre nicht schlecht, am zweiten Weihnachtstag freizuhaben, sie sollten um eins dort sein, und es würde sich bis gegen Abend hinziehen. Wie erwartet, kam der Knacks ins Hoch meiner Mutter. Sie zwirbelte ihre Gabel mit aufgespießtem Grießbällchen in der klebrigen Käsesauce herum, bis es dick umwickelt war, und gleichzeitig schüttelte sie sich, dann sagte sie: Meine Entscheidung lautet: Nein. Und sie hätte vom letzten Mal genug. Gänsebraten und als wärs Kaufhaus-Muzak rieselte das Weihnachtsoratorium aus ihrem CD-Player, dabei sind sie Atheisten und sollten Weihnachten ausfallen lassen und auf dem Balkon strahlt ihr Glühbirnenbaum: nein! Und wenn sie dann den Streckers das Recht aufs Weihnachtenfeiern abspricht, wozu mein Vater »Das ist nicht sehr christlich« sagt und sie schließlich findet: Na schön, Gott ists egal – dann sind sie im alten Fahrwasser, wir Geschwister kennen das alles, und wäre es nicht in diesem Jahr etwas heikel, würde ich kaum zugehört und gedacht haben: Sie werden doch wieder hingehen, sie tuns seit langem immer.

Das war das Jahr, in dem unsere mittlere Schwester gestorben war, das Hannchen, das nicht wie Nick, Dora und ich in die Schule ging und dick war und immer rosa Kleider haben wollte; man mußte sie extra für sie nähen lassen, und sie sah darin wie eine gemästete Stockrose aus.

Wenn Dora und ich zu neugierigen Freundinnen, ums kurz und fürs Hannchen nicht schädlich zu machen, aufs Ausfragen »Es stimmt was nicht mit ihr« antworteten und »Sie ist empfindlich«, wurde trotzdem gekichert, und außerdem redete Nick, unser älterer Bruder uns rein: Alles Quatsch, sie ist mongoloid, und sie wird nicht alt. Das Hannchen ist aber auch von uns Geschwistern nicht geschont worden, als wir kleiner waren, haben wir sie von unseren Spielen weggescheucht. Sie hat geheult, sie hat dann immer von der Englischen Krankheit gefaselt, und daß sie als Baby, als einer von uns nicht aufpaßte, vom Tisch gefallen wäre. Später haben wir in verschiedenen Lexika nach der Englischen Krankheit geforscht, ich glaube, es war meine Mutter, die sie sich für unseren armen Störenfried zur Ehrenrettung ausgedacht hat. Ja, das mit dem Störenfried gebe ich zu. Schon in unserer Kindheit wars hauptsächlich wegen ihrer Neugier, »was macht ihr denn da, was macht ihr denn jetzt?« Damit ist sie uns immer hinterhergetrollt. Kinder sind wir eigentlich keine mehr, bloß das Hannchen blieb kindisch, und jetzt lag sie uns mit »Wohin geht ihr?« und »Wo wart ihr?« in den Ohren. Einmal hat Nick sie hinter die Tür gesperrt, die in kein Zimmer führt und wo es fürs dicke Hannchen zu eng ist vor den Apparaturen und Zählern für

9

Strom, und Dora und ich haben ihn nicht daran gehindert, im Gegenteil, wir waren seine Komplizen. Das Hannchen hat unser Familienleben nicht leichter gemacht, und ich fürchte, sie hatte es nicht richtig gut bei uns, denn meine Eltern faßten sie auch nicht gerade mit Samthandschuhen an, jedenfalls nicht immer, und dann bereuten sie es, und meine Mutter sagte, sie wäre auch kein Engel, mein Vater spendierte irgendwas aus dem Süßigkeitenvorrat unten in seinem riesigen Barockschrank, der sonst überall vollgestopft mit Büchern ist, auch das Oberteil mit zwei großen Glastüren, und in dem meine Mutter lieber schöne Gegenstände unterbringen würde. Das Hannchen hat am schnellsten und am meisten von uns allen weinen können. Es hat wunderschöne traurige grünliche Augen gehabt, um die Augen herum sehen die Mongoloidchen niemals so aus wie das Hannchen, weiß ich von Nick. Aber sonst war nichts schön am Hannchen.

Was Nick betrifft: Es war auch das Jahr, in dem er sich veränderte, und auch das veränderte unser Familienleben, vielleicht noch mehr als der Tod vom Hannchen, an den man längst nicht mehr jeden Tag dachte, es war schließlich im Februar passiert und jetzt schon Dezember. Zu Haus ließ Nick sich kaum noch blicken und hatte immer Henning im Schlepptau, sie machten sehr laut Musik. Baßgitarre und die andere eine normale Gitarre, und dazu sperrten sie sich in Nicks Zimmer ein, und sie rauchten Joints. Irgendwie kapselte er sich ab. Einmal hielt er uns beim Mittagessen sonntags (aber er setzte sich nicht dazu) einen langen Vortrag, von dem ich nichts verstanden habe, bis auf den Schluß: Er wäre der einzige von uns allen, der wirklich und wahrhaftig um das Hannchen trauern würde, mir hat sich eingeprägt: Ich gedenke ihrer. Und das würde er vor dem Einschlafen machen, er würde sich am Einschlafen hindern, um es zu machen, und den Wecker auf sechs stellen, zum Kasteien und Gedenken, außer den Kontemplationssitzungen mit Henning. (Als sie mal vergessen hatten abzuschließen und ich reinkam, weil ich mir von Nick den Locher ausleihen wollte, habe ich sie dabei gesehen, es war eisig kalt im Zimmer, Fenster weit offen, die beiden saßen im Schneidersitz und mit verschränkten Armen auf dem Boden und hatten nur ein Tuch untenherum, ich war furchtbar erschrocken, und es hat mich auch geekelt und bin sofort raus ... später verkündete Nick, zum Nach-innen-Gehen würden sie lernen, dem Frieren zu trotzen.) Mit Dora kann ich mich seit dem Sommer auch nicht mehr so richtig verbünden, weil sie fest zu einer Clique gehört, lauter Mädchen zwei Klassen über mir, und massenhaft Termine hat.

Aber bei diesem Sonntagsmittagessen mit Nicks Aufspielerei waren wir einer Meinung und sagten »Angeber« und »Du spinnst ja«, und mein Vater versuchte Frieden reinzubringen und sagte, jeder von uns würde auf seine Weise ans Hannchen denken. Aber ich habe doch immer wieder drüber nachgedacht. Vorhin fiel mir was Wichtiges wieder ein. Das war, als ich die Türklinke zum Bücherzimmer runterdrückte, um festzustellen, ob schon abgeschlossen war, es ist immer das Weihnachtszimmer und die Eltern haken dann so ungefähr eine Woche vor dem 24. einen Plastikanhänger in die Klinke, den sie aus einem schwedischen Hotel mitgebracht haben und auf dem über einem im Schlaf grin-

senden Bubengesicht mit Teddy neben sich auf dem Kopfkissen »Stör ej« steht, was dem deutschen »Bitte nicht
stören« entspricht; als wir noch sehr klein waren, machten
die Eltern »psst! Das Christkind will nicht gestört werden!«,
und damals hing die erste Christbaumkugel des Jahres an
der Klinke und der erste Blick, wenn man in die Diele kam,
fiel auf diese Kugel, und alles war sofort sehr geheimnisvoll.
Also, es hatte mich beunruhigt, daß immer noch nicht »Stör
ej« dort aufgehängt war. Deshalb drückte ich die Klinke
runter, und es war abgeschlossen, ich atmete richtig auf.
Jetzt kommt das Wichtige. Und warum ich mir überhaupt
Sorgen machte, weil das »Stör ej«-Schild noch nicht ange-
bracht war und ob das vielleicht bedeutete, daß die Eltern
gar nicht bedachten, wie bald Weihnachten war (meine
Mutter rief uns auch nicht mehr ums Klavier herum, wo sie
dann immer schon saß und, die Hände auf den Tasten, den
Blick in den Noten, drauf wartete, daß wir uns um sie ver-
sammelten, Dora und ich mit einem gemeinsamen Noten-
ständer für die Blockflötenstimmen, Nick mit eigenem No-
tenständer und seiner Geige, das Hannchen konnte bloß
singen, aber falsch singen – die Sitte hat allerdings schon
länger als das Hannchen tot ist aufgehört, wir wurden einfach zu erwachsen). Diese Sorgen machte ich mir, das ist das
Wichtige, weil ich wußte, es würde Schwierigkeiten geben
mit Nick, wenn er an seinen überladenen Geschenktisch gewöhnt ist und trotz seiner ganzen Frierübungen und Hann-
chen-Zeremonien wie jedes Jahr einen Riesenwunschzettel
abgeliefert hat, worüber ich übrigens froh gewesen bin.
Denn demnach war er überhaupt nicht so meilenweit vom
früheren Familienleben entfernt und total verändert, wie er
tat. Eigentlich kommt das Wichtige jetzt erst: Ich entdeckte,

daß ich so was Ähnliches wie edel war und teilweise selbst-
los (zum andern Teil gings mir um die schöne Weihnachts-
stimmung, und daß ich es gräßlich finde, wenn so etwas ver-
dorben ist, macht mich wirklich krank). (Übrigens habe ich
selbst Geschenke auch sehr gern, trotzdem wollte ich diesmal nicht ins verbotene Zimmer, um einen Blick auf meinen Stammplatz zu werfen.)

Gut, die Tür war zugesperrt. Ich weiß, daß man jederzeit
durch die Schiebetür zum Eßzimmer reinkann, und ich
habs gemacht. Nicht zum ersten Mal, nur zum ersten Mal
wegen der Familienprobleme. Auf der runtergeklappten
Schreibplatte in der Mitte des Barockschranks stand schon
eine Menge noch verpackter Sachen, ich wagte mich nicht
näher dran. Im Zimmer herrschte eine sonderbare Stimmung, es war niemand drin, und doch schien jemand drin-
zusein. Längst bedanken wir uns bei den Eltern für unsere
Geschenke. Daß das Christkind sie bringt, glaubt natürlich
keiner mehr. Trotzdem ists anders als an Geburtstagen.
　　Mittlerweile sind es nur noch vier Tage bis Weihnachten
und jetzt hängt das »Stör ej«-Schild an der Klinke, und
wenn auch Nick, als er es sah, einen verächtlichen Laut aus-
gestoßen hatte und noch so was wie daß von nun an bei ihm
mit Weihnachtsgeschichten Schluß wäre (er ist, glaub ich,
zur Zeit Buddhist, sagte Dora), ich fand, auf meine Eltern
war doch Verlaß und über Nick als Buddha wären sie nicht
weiter enttäuscht, er war im Jahr davor auch schon merk-
würdig gewesen, sie hatten es aber mehr komisch gefunden. Heute nachmittag bin ich bei meiner besten Freundin
gewesen, Sylvie Pfeffer. Puh, stöhnte ihre Mutter, die aber
immer und auch von Sylvie nur Claudine genannt wird, weil

Sylvie ihr gerade erzählt hatte, daß wir den Eltern kleine Weihnachtsgeschichten schreiben. Dieser Sitte bin aber nur ich noch nicht untreu geworden. Meine Eltern finden mich begabt fürs Schreiben, sagte ich zu Claudine, und sie fragte, ob das sehr fromme Geschichten wären und machte wieder einen Puh-Seufzer. Wir waren in ihrer schicken Küche, und sie setzte ihre beiden hochgefüllten Einkaufstüten ab. Ich will es gar nicht, aber ich finde Claudine wunderschön, auf ihre Art genau so wunderschön wie die weiße Küche, und das ärgert mich, weil ich an zu Haus denken muß, wo es altmodischer ist und nichts perfekt, aber ich liebe es.

Sylvie kennt meine Geschichte vom letzten Jahr und sagte, es wären ziemlich traurige Geschichten, und Claudine sagte: Kein Wunder. Fromme Weihnachten machen nicht lustig, Schätzchen, oder? Mir gefällts, sagte ich, aber das genügte mir nicht als Strafe, während ich neidisch Claudine zusah, die ihre Tüten auspackte, denn auch ihre Einkäufe fand ich Top-Spitze und elegant, nichts glich den langweiligen Sachen bei uns, Gemüse, Brot, Mehl, nichts Ausgefallenes, doch da bekam ich zwei Glücksideen und sagte: Neulich hat mein Vater eine tolle Käsesauce gemacht. Und meine Mutter hat über Atheisten geschimpft und daß die gar nicht das Recht aufs Weihnachtenfeiern hätten (Ich vermute, die Pfeffers glauben überhaupt an nichts.) Und moderne Literatur ist so. Die ist nicht lustig. Oder wenn doch, ist sie schlecht.

Wieder was dazu gelernt, Schlaukopf. Claudine lachte, und ich las vom Etikett auf einem Glas mit gelbem Creme-Inhalt »Silds in Curry« ab und hatte keine Lust, ihre inter-

essanten Sachen zu bewundern, ich würde ablehnen, wenn
sie mich zum zweiten Weihnachtsfeiertag einlädt wie
immer, obwohl ich gern ginge und meine Eltern nicht traurig wären, weil sie, wie bockig auch meine Mutter sich kürz-
lich gewehrt hatte, doch mit der Tradition bei den atheisti-
schen Streckers festhielten. Und daß ich meine Geschichte
immer noch nicht geschrieben hatte, der erste Versuch
handelte vom Hannchen, fiel mir ein und dazu eine Bemerkung meiner Mutter: Schreib dem Vater zuliebe mal
keine traurige Geschichte, unser Weihnachten ist doch
schön. Mach was mit glänzenden Kinderaugen und all dem.
Egal, was du davon hältst. Machs für ihn.

Aber dein Vater wirkt schrecklich deprimiert. Pfarrer
dürften doch nicht deprimiert sein, beim Predigen schon
gar nicht. Claudine sagte noch: Einmal und nie wieder.
Und all die frommen Schwestern, viele sinds ja nicht mehr,
und sie tragen noch Häubchen, und eure Frau Oberin
trampelt mit ihren Bergsteigerschuhen über die Bodenta-
sten von dieser kleinen Orgel als wäre sie auf einem Wan-
derpfad. Ist das was für junge Menschen? rief sie Thilo Pfeffer zu, ihrem Mann, dem sofort alles nicht gefiel, was sich
in der Klasse-Küche abspielte, die Kränkungen meiner Welt
und diese Welt vielleicht auch und vor allem, daß er nichts
damit anfangen konnte. Ich habe ihn ganz gern. Sylvie behauptete, ich würde noch an den Weihnachtsmann glauben. Manchmal versagen auch beste Freundinnen, wirklich. Ich sagte bloß so was wie »Du spinnst«, ziemlich ein-
fallslos, aber verbessern und statt Weihnachtsmann »wenn
schon, dann Christkind« zu sagen, wollte ich auch nicht.

Weihnachtsmann ist eine blöde Erfindung, den Weihnachtsmann verabscheue ich, das Christkind liebe ich, obwohl ich, wie gesagt, nicht dran glaube, wenigstens nicht ans Christkind als Geschenkboten. Aber manchmal ist man einfach stur. Ich schnitt nur eine Fratze für Sylvie und fühlte mich hinter der Stirn ganz leer vor Untreue. Na, vielleicht wirds dieses Jahr amüsanter, sagte Claudine, die in ihren riesigen Kühlschrank Yoghurt und irgendwelche Packungen räumte. Ohne deine kranke Schwester wirds das sicher.

Eigentlich erwartete ich, Thilo würde auch mal etwas sagen, ich drehte mich nach ihm um, aber er war überhaupt nicht mehr in der Küche. Und das Hannchen verteidigte ich erbärmlich: Sie war nicht krank. Sie hatte Weihnachten sehr gern. Das war halb gelogen, halb wahr. Sie war nicht richtig krank und hat an Weihnachten immer weinen müssen, mitten im Liedersingen mit Abstand zur Krippe unter dem Christbaum und vor unseren Geschenkaufbauten, aber andererseits aß sie enorm viel Süßes und ihr Gebäckteller war schon vor dem ersten Feiertag leer. Ich bin dann nicht länger geblieben, obwohl Sylvie und ich noch das Puzzle fertigkriegen und nachher zu den Meyers-Zwillingen wollten. Ich war einfach nicht mehr in Stimmung, und Claudine kam nicht dazu, mich einzuladen, vielleicht besser so, weil ich irgendwie doch gern dort bin, aber ich mußte mich dafür strafen, und wahrscheinlich erfolgte die Einladung sowieso noch.

Auf dem Heimweg wußte ich plötzlich, wie ich drumherumkäme, die angefangene Geschichte übers Hannchen nicht wegzuschmeißen, ich wußte noch keinen Namen statt Hannchen, aber wie ich doch weitermachen könnte und die bis jetzt ziemlich traurige Sache ginge gut aus, nicht lustig oder so was Oberflächliches, viel besser gut. Nebenbei: Ernstes schreibe ich lieber und ich finde es schöner, meine Lieblingsbücher sind auch in der Art. Es war zu kalt fürs Fahrrad, mir tat ein eisiger Ostwind auf der Haut weh. (Ich habe nicht wie Nick und Henning Dem-Frieren-Trotzen gelernt.) Trotzdem stieg ich nicht ab, um meine Idee nicht zu vergessen. Später beim Draufloskritzeln (ich mache längst Entwürfe, als Kind habe ich das Erste, Beste einfach so abgeliefert) hats mich befeuert, daß ich dachte, es wird auf Nick Eindruck machen und auch auf meine Mutter, die bestimmt vergessen hätte, daß ich ein bißchen was von ihrer Idee klaute. Damals gings um eine von ihren sonderbaren Offenbarungen, etwa so: Das Beste am Leben, und wenns auch manchmal noch so miserabel aussieht, das sag ich mir dann vor: Du bist trotzdem froh zu leben, das Beste ist, daß man nur sterben kann, wenn man vorher gelebt hat. Käme man denn sonst in den Himmel? Niemals. Für Ungeborene gibts auch keine Ewigkeit. Sie hat das von sich gegeben, als sie mich mal in Hannchens Zimmer vor dem Sofa mit ihr drauf erwischt hatte, ich hockte vorm Hannchen und war mit dem Trösten schon fertig (vorher war ich wiedermal gemein zu ihr gewesen, ich weiß nicht mehr genau… weggescheucht von irgendwas hab ich sie wohl) und redete furchtbar viel mit ihr als wäre sie gleichaltrig, im Kopf gleichaltrig, meine ich. Und das Hannchen hat sich ernstgenommen gefühlt und auch geredet, es war nicht alles dummes Zeug, was sie so rausbrachte. Meine Mutter sah mich verwundert an und ging raus. Später enthüllte ich ihr mein Geheimnis, ein Geheimnis wars auch für mich: Ich kriege manchmal komische kleine Anfälle, es kommt mir so vor, als würde es ganz hell oben unter meinen Haarwurzeln und macht »Klick!«, und dann hab ich eine unheimliche Lust und Gier drauf, das Hannchen zu lieben. Ah, machte meine Mutter, das kenn ich, aber leider geht das bei mir nicht von selbst. Du hast Glück mit deinen Endorphinen. Ich hatte das Wort natürlich nicht verstanden, überhaupt nichts hatte ich verstanden und »Mit was für Dingern?« gefragt, und sie hat mir erklärt, wenn ich so wäre wie vorhin beim Hannchen, hätte ich einen Rausch und diese Endorphine (ich hab mirs aufgeschrieben) machten das in meinem Gehirn ganz von allein, sie müßte leider, wenn sie high werden will, irgendwas einnehmen, und ich wußte, warum sie seufzte, denn neulich hat sie verkündet: Ich fang wieder mit dem Trinken an. Und Nick hat »Genial!« gerufen und gemeckert, sollte Lachen sein, und das Gesicht meines Vaters ist ganz eng geworden, und er ist stumm aus dem Zimmer gegangen.

Als ich jetzt die Geschichte zu Ende schrieb, wußte ich auch einen Namen fürs Hannchen, ich nannte sie einfach nur »Das dicke Kind«. Nach dem Abendesen ohne Nick und Dora, die beide was anderes vorhatten, las ich meinen Schluß durch: »Die Nachbarn tuschelten über das dicke Kind. Eines Tages betrat das dicke Kind mit dem Einkaufszettel seiner Mutter die Drogerie und hörte, weil man es noch nicht entdeckt hatte, wie eine Frau zur Kassiererin sagte: So was wie das dicke Kind wäre besser nie geboren worden. Die armen Eltern, sagte die Kassiererin. Da mischte sich das dicke Kind ein. Es konnte so gut sprechen wie nie zuvor! Sie irren sich. Weil ich lebe, kann ich sterben. Die zwei Frauen grinsten, weil sie nichts begriffen und das dicke Kind jetzt erst recht dumm fanden. Sterben war das Schlimmste für sie. Das dicke Kind fuhr fort: Und nur weil ich lebe und dann sterbe, komme ich in den Himmel und lerne Gott kennen und werde ewig leben und im Himmel bin ich schön und klug und es geht mir immer gut und alle sind freundlich zu mir.« Wenn auch Weihnachten in der Geschichte nicht vorkam, zufrieden war ich mehr denn je. Was noch fehlte, waren die glänzenden Kinderaugen, ich brauchte einen letzten Satz und bin ein bißchen durchs Haus gelaufen, das hat mich schon oft auf Einfälle gebracht, und wirklich, ich bekam einen in dem Moment, als ich im Bad neben der Seifenablage am Waschbecken die Ringe meiner Mutter liegen sah. Mein Schluß geht so: »Die Frauen wollten eigentlich nach alter Gewohnheit das dicke Kind auslachen und sie schüttelten die Köpfe, aber da muß- ten sie sich schnell abwenden: Das dicke Kind hatte auf ein- mal ganz große grüne Augen, und die glänzten wie nasser Smaragd und blendeten sie.«

Es ist aber wieder nichts mit glänzenden Kinderaugen, sagte ich trotzdem zu meinem Vater, als Nick, Dora und ich mit dem Geschenkebetrachten und Bedanken fertig waren und die Eltern drankamen, und ich überreichte ihm meine Geschichte. Doch, sagte er, er lächelte und strich mir übers Haar, was ich gern habe, nur macht es meine neue Welle oben rechts kaputt. Du hasts noch nicht gelesen, sagte ich. Ich weiß es trotzdem, sagte mein Vater. Heimlich gelesen hatte er »Das dicke Kind« garantiert nicht, so was macht er einfach nicht. Ich sagte, daß zwar Augen glänzen würden, er wäre aber trotzdem vielleicht enttäuscht. Ich werds nicht sein, sagte er, sie glänzen wunderschön. Was denn? Wieso denn, welche? Deine, Liebling, deine tuns, glänzen, sagte er.

## Bleibt doch über Weihnachten

Ich bin sicher, daß du es dort gut aushältst. (Sie weiß, wie
heikel mein Vater mit Hotels ist.) Und natürlich du auch.
Zu-mir-Runterbücken war nicht nötig, ich bin sogar etwas
größer als sie oder genauso groß, aber sie krümmte sich
leicht auf mich zu, ohne daß es zu irgendwas kam, sie tats
vielleicht um wettzumachen, daß sie mich beinah vergessen
hätte. Sie: Das ist Marion Schelling, und schon als sie uns
mit ihrem sozial-christlichen Essen-auf-Rädern-Strahlen
diese Behauptung gleich nach der fröhlichen, halb gesun-
genen Begrüßung in unsere Reisegesichter blendete, wußte
ich, daß bei meinem Vater daraus nichts würde, mit dem
Gutaushalten, erst recht nicht mit Weihnachten hier, aber
ich hoffte, er bliebe wenigstens vorerst zahm. Zum Glück
hatte die Bahnfahrt ihn am Schluß gedämpft, er war ver-
braucht vom längeren Palaver mit dem Zugschaffner, den
die Lobrede meines Vaters auf seine Freundlichkeit nur am
Anfang erfreut, dann ermüdet und aufgehalten hatte. Eine
ältere Frau, die mein Vater damit tröstete, trotz der Verspä-
tung unseres IC würde sie ihren IR nicht verpassen, denn

der IR, als Anschlußzug im Fahrplan-Faltblatt aufgeführt, müßte zehn Minuten, vielleicht aber auch zwanzig Minuten warten, war zuerst dankbar und deshalb gesprächig wie er, aber plötzlich hatte sie, für jeden außer meinem Vater erkennbar, genug von ihm, und ich haßte sie dafür (obwohl ich sie verstehen konnte... oder vielleicht deshalb?), vor allem, als sie nach all ihrem geängstigten Getue sagte, eigentlich wäre es ihr piepegal, ob sie den Anschluß kriegte oder nicht, ihre Tochter und ihr Schwiegersohn würden sowieso einen Kaffee trinken gehen und auf den nächsten Zug warten.

Die *Drei Kronen* sind kein 5-Sterne-Hotel, aber...

Nicht mal zwei Sterne haben sie, unterbrach mein Vater knurrig Marion Schelling, die unbeeinträchtigt weitermachte: Aber gemütlich sind sie, noch richtig persönlich und individuell, die Leute sind furchtbar nett. Sie haben ein bosnisches Kind adoptiert, oder kroatisch, spielt keine Rolle, ich meine, sie tun Gutes. Euer Zimmer habe ich sogar vorher inspiziert. Ich kenne dich ja.

Mein Vater verabscheut persönliche und individuelle kleine, von netten Leuten geführte Hotels, und nun mußte er sich auch noch mit einem Doppelzimmer für uns zwei abfinden (ich mich auch), denn Marion Schelling hatte seine Anweisung Doppel als Einzel nicht verstanden. Wieder bangte ich um seinen Frieden, der auch meiner ist. In diesen Adventstagen brauchte er ihn noch dringender als sonst, ich auch. Aber als wir uns in Marions kleines Auto quetschten (irgendein Japs-Modell, ich hatte keine Zeit, den Typ zu identifizieren), ich mich nach hinten, mein Vater drückte sich vorne rein, mit angezogenen Beinen, seine Tasche zwischen Knien und Kinn fast ohne Spielraum festgeklemmt, da sagte er: In mir ist kein Funke Hoffnung, daß du recht haben könntest, meine Gute. Das einzige, was mir über ein scheußliches Hotelzimmer mit schlechter Beleuchtung, häßlichen Eichenfurniermöbeln und zu dünnen Vorhängen und einer trüben Duschzelle im individuell von netten Leuten geführten Haus über Depression und Platzangst hinweghelfen kann, ist der Gedanke an die Obdachlosen. Mir fällt der Tod ein in solchen Zimmern. Abgetretene falsche kleine Perserteppichlätze auf mausgrauem plattgedrücktem Fußbodenbelag.

Marion fand ihn wundervoll komisch, sie kennt ihn lang, aber trotzdem gar nicht. Mein Vater benimmt sich theatralisch, und viele Leute halten ihn für einen Spaßvogel, na schön, vielleicht von der düsteren Art. Für mich war Marion Schelling neu. Sie fuhrwerkte im Handschuhfach herum, schräg knapp vorbei an Knien und Tasche meines Vaters, vorher hatte sie ihren Hanfsack mit der grünen Aufschrift *Der Schöpfung zuliebe* durchwühlt, anscheinend fand sie ihr Schlüsselfutteral nicht, bis sie endlich rief: Da! Wer sagts denn! Und dann verdrehte sie den Kopf nach mir, strahlte mich hundertprozentig an und sagte: Du hast einen Vater der Spitzenklasse! Einen 5-Sterne-Vater. Unschlagbar als Witzbold. Du kannst stolz auf ihn sein.

Das bin ich, sagte ich. Er macht allerdings keine Witze. Obwohl ich sehr gereizt war, gelang es mir zu lächeln, ich blieb im Rahmen, ich peilte eine Vision an und sah so was wie einen (meinen) Kranz aus Höflichkeit um meines Vaters zerzaustes, wildes, geplagtes Haupt. Ich liebe ihn und muß ihn schützen, was manchmal gegen seinen Geschmack ist, aber diesen Zwiespalt kenne ich, ich hielt ihn in diesem engen Auto nicht zum ersten Mal aus: Meine Rettungs-

23

manöver waren beides, wichtig für sein Auskommen mit den Menschen, die ein Zündholz an seine Strohfeuer legten, ohne davon das mindeste zu ahnen, und gleichzeitig waren sie Verrat an ihm.

Marion führte sich beim stoßartigen Anfahren des Japs wie ein Fahrschüler in der ersten Stunde auf, fühlte sich aber total unbefangen und schoß ihr Leuchten auf meinen eingesperrten Vater ab: Du machst wirklich aus allem das Beste. Denkst wegen Mangel an Komfort an den Tod. Sie schüttelte sich, sie fand es fürchterlich. Mein Vater mußte noch schlimmer dran sein als ich dachte, wenn er bei jemand so Munter-Naivem Zuflucht suchte. Vielleicht verstand ich irgendwas nicht.

Es gibt nichts Gescheiteres als das zu tun. Keiner will was vom Tod wissen. Mein Vater ereiferte sich. Nicht mal ihr Frommen! Du und dein Pastor, seid ihr etwa willens und bereit zu sterben?

Noch nicht unbedingt, muß ja nicht sofort sein, trällerte Marion. Es gäbe, Gott sei gelobt, zur Zeit keinen aktuellen Anlaß.

Sei vorsichtig mit Gott, drohte mein Vater wie in Keilschrift oder Sanskrit, ich nehme an, er fand sich selber rätselhaft, wurde schnell wieder konkret. In deinen *Drei Kronen* wirds bis rauf in die Zimmer nach altem Fett auf dicken Saucen riechen, nach vorgezogenen Weihnachtsgänsen, prophezeite er, vielleicht, um diesen Dämon Gestank zu beschwören. Er sieht gern das Schlimmste voraus, damit ihn das weniger Schlimme beinah als gut versöhnt. Aus solchem Mißmutgeknurr kann er sich jählings zu Selbstbezichtigungs- und Huldigungspredigten aufschwingen, wie das Mitglied einer Band, das mitten im Stück die Baßgitarre gegen eine Fanfare auswechselt. Beste Freundin, ich darf mich nicht beschweren, ich bin ein chronischer Verlierer, ich bin wie ein Beinamputierter mit Phantomschmerz, nein, ich werde unter den *Drei Kronen* still leiden, denn ich darf mich nicht beschweren, ich habs selbst so gewollt, und in eurem Kaff gibts nun mal nichts Besseres. In meinem Alter müßte man wissen, womit man sich schikaniert.

Gegen Ende war er doch wieder taktlos geworden, ich hielt den Atem an und meine Zehen wurden heiß und dick und fingen zu jucken an, aber allmählich gönnte ich Marion Schelling keine Rücksicht mehr. Hielt sie für überflüssig, verschwendet. Sie würde sie so wenig beachten wie die Reizbarkeit und die Beschimpfungen und Absurditäten meines Vaters, beachten als Ernstnehmen, denn alle seine Gedankensprünge erheiterten sie ja bloß, womit sie sich als Ignorantin auswies. Noch viel mehr nahm ich ihr längst ihre schrecklich gute Laune übel. Die war, was uns zwei Gäste anbetraf, ihr allergrößter Fehler. Noch mit keinem einzigen Wort hatte sie nach dem Drama meines Vaters (das auch meins ist) gefragt. Sie hatte nicht *Wie stehts zur Zeit mit deiner Frau* gefragt. Unter der vergnügten Menge von Formfehlern wog dieser am schwersten. An ihrem Versäumnis gemessen, waren die Taktlosigkeiten meines Vaters bloß kauzig. Und mein Vater wechselte wieder in eine hymnische Sequenz über: Ihr wart so gastfreundlich, uns ins Pfarrhaus einzuladen, aber ich chronischer Übernachtungsneurotiker muß leider auf Hotels, und seien es die übelsten, bestehen. Ich darf mich also nicht beklagen. Zum Glück erwähnte mein bis zur Selbstzerfleischung bekennerischer Vater (ich hatte nervös darauf gewartet, daß ers täte) immerhin noch nicht die speziellen Rituale, mit denen er er-

25

zielt, was er eine afrikanische Verdauung nennt. Er hat eine Heidenangst vor Verstopfung. Aber auch schon Tage mit bloß europäischer Verdauung machen ihn mißmutig. Obwohl die Krankheit meiner Mutter (noch laufen die Untersuchungen, noch versuchen wir zu hoffen) nichts mit ihren Innereien zu tun hat, sondern sich ihrer Haut bemächtigte (mein Vater lobt sie vor andern dafür und spricht dann von der Ästhetik und der Diskretion, zwei für meine Mutter charakteristischen Merkmalen, und wenn schon Krankheit, dann eine, die in irgendeiner Weise zu einem Menschen passe), obwohl also der unästhetische Darm, so sieht ers, nichts mit ihrem Zustand zu tun hat, glaubt mein Vater, mit geregelter Verdauung wie der seinen hätte es sie nicht erwischt. Seine fixen Ideen gehen mir oft ganz schön auf den Geist. Manchmal, ehe sie krank war, empfing er meine Mutter, die schon in der Eßecke der Küche meinen und seinen Teller aus der Pfanne mit Eiern und gebratenem Frühstücksspeck füllte und Zucker in die Milch rührte für Cornflakes oder Top Bran und Buggles, wenn er von oben runterkam, beinah immer lazarettreif vom Rasierapparat zerschnitten: Na, wieder Pech gehabt mit dem Krimi? Das bedeutete: mit der Verdauung. Unser Arzt, der alte Doktor Vogel, dem außer unserer Familie sich nur noch seine klapprige Schwester und zwei ihrer ähnlich klapprigen Freundinnen, Kolleginnen aus der Stadtbibliothek, anvertrauten, verkündete bei jeder Konsultation auch mir, wenns auch nur um eine Grippe oder um einen Tennisarm ging: Vergiß nie, die Verdauung steht obenan. Sie ist ein kriminalistisches Geschehen, sie ist ein Kriminalroman. Tatort: Oberbauch, Unterbauch. Und am Frühstückstisch zu mir gewandt belehrt mich dann mein Vater: Wenn deine Mutter diesen

26

etwas beleidigten Mund macht und ihr Blick ratlos irrlich-
tert wie sonst nach längerem Genuß von Gedichten, dann
weißt du, es hat nicht geklappt zwischen ihr und der Peri-
staltik. Pech gehabt auf dem Watercloset. Mein Sohn,
nimms nicht als Ulk, es ist eine ernste Sache.

Aber zum Abendessen kommt ihr ins Pfarrhaus. Marion
mußte so abrupt stoppen (ganz à la erste Fahrstunde falsch
eingeordnet), daß mein Vater trotz Fesselung in der Enge
beinah mit der Stirn gegen die Frontscheibe geknallt wäre.
Der gefängnisartige Japs war seine Rettung.

Hoppla! Marion lachte. Ging ja nochmal bestens. Das
klang, wie mit einem Trompetenpusten, Luftauspuff voraus, ausgestoßener Befehl unserer Chauffeuse, und ihr
nachgeschobenes Lachen auch. Ich hab einen Fund gemacht, erzählte sie. Ein Buch, genau das Richtige für deine
Frau.

Ich hielt mal wieder die Luft an. Als das Ding auf dem linken Unterarm meiner Mutter wie der verkohlte Abdruck
einer zerquetschten Zigarette aussah, hat sich mein Leben
verändert, nichts ist mehr wie vorher, und beim Einschlafen
erfaßt mich das Entsetzen wie eine Erwürgung, und ich
werde hellwach. (Schon bevor das mit ihr passierte, habe
ich meine Freunde um ihre Distanz zu Eltern, Familie, Geschwistern beneidet, und für meine Nerven ists wahrscheinlich ein Glück, daß ich wenigstens nicht auch noch
Geschwister habe, Vater und Mutter und meine reizbare
Zerreißprobenliebe zu den beiden strapazieren mich genug.) Und deshalb wars mir einerseits besser gegangen, so
lang diese furchtbar fröhliche Frau Marion sich so falsch
wie Parsifal benahm, der die Gralsfrage nicht stellt, weil ich
lieber gar nicht an meine Mutter denken wollte – doch an-

dererseits hielt ich es für ihre verdammte Pflicht, unsere Sorgen zu beachten, und jetzt hatte sie, wenn auch sehr weit weg von außen, unseren seit Wochen einzigen Denk- und Gefühlsstoff immerhin berührt. Sie kam eins rauf bei mir.

Von meinem Vater wollte sie wissen, ob ihm an ihr nichts auffiele.

Mir fällt auf, daß du uns werweißwo rumkutschierst. In diesem Nest müßten wir längst am ungeliebten Ziel sein. Doch wärs ihm nur recht so, lieber in embryonaler Faltung und bei ihrer Fahrweise in Lebensgefahr, als die bittere Ankunft in den *Drei Kronen*.

Meine Haare, zwitscherte Marion. Als wir uns das letzte Mal sahen, waren sie schon reichlich grau. Früh Grauwerden liegt bei uns in der Familie. Mein Vater war noch nicht vierzig und schon *weiß*, ein schönes Weiß.

Mein Vater war höflich genug, zu ihr rüberzuschauen, aber so kurz, als müßte er ihr beim Autofahren helfen, und deshalb starrte er gleich wieder auf die Straße. Du färbst dich.

Es ist nur eine Tönung. Nicht gefärbt. Es ist genau der Braunton, den ich von Natur aus hatte. Haben wir nicht eine hübsche Weihnachtsdekoration in unserem Städtchen?

Ihr Friseur mußte sie zu diesen breiten grauweißen Streifen rechts und links überredet haben. Sie trug einen Mittelscheitel und ihre Haare fielen glatt bis auf die Schultern, wo sie sich nach innen einrollten, und mit diesen breiten, grauweißen Einlagen sahen sie wie die zwei Enden eines über den Kopf geworfenen, vom Scheitel wie durch eine Naht unterbrochenen Schals aus, und endlich kam ich drauf, an welches Tier sie mich dort im Rückspiegel mit dieser Frisuridee erinnerte. Weil alles so bogig gewölbt war, und ihre Naturfarbensträhnen etwas Schaffellähnliches hatten: an Heidschnucken mit ihrem abwärts geneigten Gehörn. Nun blieb mir nichts anderes übrig als zu fürchten, meinem Vater wäre derselbe Vergleich oder ein unangenehmerer eingefallen und er würde nicht den Mund halten. Von sich aus berichtete Marion, mit den naturbelassenen Bahnen links und rechts huldige sie ihrer Wahrheitsliebe. Und einen Umweg führe sie wirklich, nicht nur wegen einer Baustelle in der Hauptstraße, sondern damit wir das hübsche Fachwerk bewundern könnten. Mein Vater brütete noch, dann sagte er: Ich frage mich, woran mich deine Frisur mit diesen beiden hellen Schweifen der Wahrheitsliebe erinnert.

Schieß los! Marion massakrierte die Gangschaltung und nahm eine enge Kurve verwegen.

Bestimmt käme mein Vater auf die Heidschnucken. Zum Glück interessierte ihn aber Marions Haartracht nicht genug. Er bat sie, ohne eine Anmerkung über die extreme Unbequemlichkeit des Autos zu unterdrücken, uns außer dem Fachwerk (es war ihm gleichgültig) noch den Wall zu bieten, er würde gern etwas Landschaft sehen. Sind sie bereit zu sterben? rief er. Nein! Sind wir alle hier in diesem fahrbaren Käfig nicht. Wir beten, wir flehen, wir lieben das Jenseits, aber wir sind nicht bereit. Sind wir bereit, ihr von klobigen Möbeln verstopftes, fettgetränktes, individuell-persönlich geführtes Hotel zu betreten? Genau so wenig. Und dann legte er leider los mit seinem (und meinem) Problem: Marion, gönne dir und uns eine kurze Unterbrechung deiner Fröhlichkeit, ich bitte dich zu bedenken, wir haben Kummer. Wir stehen unter einem ausschweifenden Leidensdruck.

Aber jetzt ist sie doch in den besten Händen, sie ruht sich erstmal aus, ich glaube sogar, es tut Patienten gut, wenn sie sich nicht dauernd bei den Besuchen ihrer Lieben anstrengen müssen. Ich hatte mal eine ganz böse Bauchhöhlengeschichte, und die liebsten Menschen am Krankenbett haben mich beinah gestört, man muß sich zusammennehmen und ihnen Mut machen...

Ich fand sie diesmal nicht dumm und meinen Vater etwas grausam, weil er überhaupt nicht auf ihre Bauchhöhle reagierte. Er sagte: In meiner wie jedesmal beinah sofort bereuten Vertrauensseligkeit, die ich meistens unterdrücken kann, aber diesmal herausließ, weil ich dich für fromm halte...

Ich bins! Marion bestrahlte ihn kurz, aber zu lang für jemand, der am Steuer eines Fahrzeugs sitzt.

Zum Glück mußte ich bisher nie Gebrauch davon machen. Aber wie die Dinge jetzt stehen...

Mein Vater stülpte der Fahrweise von Marion Schelling, die stoßhaft den Japs durch die kleine wuselige vorweihnachtliche Stadt kutschierte, sein (und mein) Elend über, und mir war nicht klar, ob sie zu seinen Konfessionen (er salbaderte, *mir* ist bekannt, daß er das macht, so geschwollen, damit es nicht zu bitterernst wird, aber Marion?) und Verfluchungen und Glaubenszweifeln oder zum Spätnachmittagsverkehr *oh Schreck* und *nun mal sachte* und *ach du dickes Ei* leise ausstieß. Ich fand sie anteilnehmend und zerstreut und daß sie schußlig mit dem Leiden meines Vaters umging. Und schon wechselte er die Tonart, er wurde das, was bei ihm umgänglich ist: Meine Liebe, ein wenig fahrig bist du sowieso, immer gewesen, es macht sogar einen deiner Reize aus, und erst recht bist du es am Steuer eines Autos: unkonzentriert. Aber Beifahrer sollten den Mund halten, ich bin als Beifahrer nicht mehr wert als du mit deiner Fahrkunst. Er lachte. Andererseits, ich kenne dich als Chauffeuse mit rasch dahinplätscherndem Redestrom, und wenn *ich* still wäre, würdest *du* loslegen. Trotzdem empfinde ich ein Mitgefühldefizit und gleichzeitig verzeihe ich dir, weil du, von Unheil umgeben, mit den Todesfällen und den Gebrechen in eurer Pfarrgemeinde auf Duzfuß stehst, bist irgendwie im Einklang damit, was mich auch wieder reizt.

Allmählich verwandelte sich die Wirkung von Marions ungetrübter Belustigung auf mich: Respekt, sie war einfach nicht zu kränken. Ich entspannte mich. Diese Frau hatte etwas Stabiles, vielleicht wirkte sie nur auf den ersten Blick ziemlich oberflächlich und albern. Vor fürchterlichen Floskeln scheute sie nicht zurück: Da mußt du durch. Oder: Du mußt zusehen, wie du es verarbeitest.

Ich mache Schwerarbeit beim Versuch, einzuschlafen, an Erfolg ist nicht zu denken. Mein Vater schnaubte.

Der Wall, da habt ihr den Wall!

Schön schön, wunderschön. Ich finde mich lächerlich, beste Freundin, weil ich mich preisgebe. Und angesichts der Verheerungen durch das Mitleid mit unserer Kranken und die Sorgen erlebe ich mich als schäbig, weil mich doch, unter dem Gewicht der Welt, Furcht und Zittern, alltäglichste Zumutungen ablenken. Die nächst fällige wird das für uns ausgewählte und von dir extra nochmals inspizierte Zimmer in diesen *Drei Kronen* sein. Mein Vater holte zum Seufzen so viel Luft, daß er sich verschluckte und husten mußte. Fahr uns hin, fahr uns zur Schlachtbank. Ich möchte endlich rauchen.

Du hättest hier rauchen können. Es wäre nicht das erste Mal, daß du bei mir im Auto rauchst.

31

Und wohin mit meiner Asche? Diese winzige Schublade ist überfüllt mit deinen Bonbonpapieren.

Ich konnte seit seinen letzten paar Sätzen merken, daß mein Vater erlahmt war, und obwohl auch mich der Gedanke an das von ihm aufs Übelste heraufbeschworene Doppelzimmer erschreckte und abstieß, erleichterte mich die Aussicht aufs Ende seiner Tiraden, und aus dem engen Auto raus wollte ich schon lang.

Wir hatten Zimmer 10 und etwas mehr als drei Stunden Zeit, bis Marion uns zum Essen im Pfarrhaus abholen würde. Natürlich gibts keine Rezeption, tuschelte mein Vater, er mußte sich und mich (»Begleitung«) am Tresen neben der Zapfsäule in den Registraturblock eintragen.

Die Treppe war eng und schlecht beleuchtet, auf dem Absatz wirkte ein kleiner Tisch mit Kinderspielzeug drauf und eine Strickjacke über der Lehne eines schräg gestellten Stuhls familiär. Wir stapften wie die Eindringlinge in eine fremde dumpfe Privatsphäre in den ersten Stock. Wie kann etwas eine Enttäuschung sein, das man sich genau so schlimm, wenn nicht noch schlimmer vorgestellt hat, sagte mein Vater zu Zimmer 10, das keine Antwort gab. Zu den plumpen aneinandergerückten Betten aus einem Hotelfachgeschäft für den nicht gehobenen Bedarf (so ähnlich drückte mein wieder aufgeregter Vater es aus), und diese Betten dominierten sperrig, paßte eine seltsam private Möblierung und Dekorierung überhaupt nicht. Grimmig machte mein Vater Inventur: Einmal die Alpen, einmal die Meeresbrandung, das macht zweimal die unverwechselbare Handschrift eines Liebhabers der Cumuluswolken, eines gelernten Weißbinders, der sein Talent für die Kunst entdeckt hat, Hobby Malerei. Kein röhrender Hirsch, kein Dü-

rer-Hase. Aber hier haben wir ein pampiges Madonnenge-
sicht mit Babykopf und Madonnenhand zum bronzierten
Oval geformt, ich bin sicher, der Urheber hat von diesem
Motiv auch Plaketten in Serie verbrochen. Drei Bast-
gehänge, ein Baststraußgesteck, ein Bastkranz mit Nüssen
und getrockneten Früchten, alias verraßter Adventskranz,
eine Honigkerze …

Was meinst du, ob wir jetzt mal die Mam anrufen sollten?
fragte ich. (Ich wollte es, und wollte es wieder nicht. Falls
sie matt und ängstlich klänge: nicht. Aber sie hoffte wahrscheinlich, wir würden anrufen.) In meiner Jackentasche
umfaßte ich die kleine Karte mit der Durchwahlnummer in
ihr Krankenzimmer.

Jetzt? Mein Vater drehte sich zu mir um, er hatte sich
über ein Regal mit Büchern gebeugt. Sein Ausdruck war
verschreckt, im roten Gesicht sah er aber auch etwas fle-
hentlich aus, wie jemand, der sich wünscht, man würde ihm
langsam und deutlich auseinandersetzen: Du hast einen
Albtraum gehabt, es ist alles in Ordnung.)

Vielleicht erwartet sie, daß wir anrufen. Ich glaub schon,
daß sie damit rechnet.

Wir werden uns zuerst mal einen Kaffee raufbringen lassen. Mein Vater schüttelte sich ein bißchen, kratzte sich im
Haar, wie um einen klaren Kopf zu kriegen. Er ging zum
wuchtigen bleiernen Aschenbecher, in dem seine Zigarette
vor sich hin glomm, und nahm schnell hintereinander zwei
Züge. Der Aschenbecher stand auf einem kleinen schreib-
tischartigen Aufsatzmöbel, das mit einer Häkeldecke und
diversem Nippes beladen war. Das Telephonat war vorerst
vertagt. Ganz gut so. Wir hatten immerhin davon geredet.

Vielleicht war die Reise hierher doch ein Fehler, sagte

ich. Ich hatte keine Lust, meine Sachen auszupacken, fing aber langsam damit an.

Ha ha, machte mein Vater. In unserer Lage kann man nur Fehler machen. Es tut mir leid für dich.

Mir tuts leid für dich, schimpfte ich. Bald leidest du deine komischen Höllenqualen...

Recht hast du. Ich bin die Verkörperung der Komik des Scheiterns.

Weil ich merkte, daß meine Wut ihm gut tat, schimpfte ich weiter: Und noch stolz drauf. Und wenn du nicht leidest, dann ärgerst du dich übertrieben, schon unterwegs wars so, und es ist immer über Kleinkram, du regst dich einfach zu viel auf. Und du merkst nicht, wann du den Leuten auf die Nerven gehst. Beim Zugschaffner und bei der Alten mit ihrer Angst den Zug zu verpassen hast dus nicht gemerkt.

Mein Vater grinste. Wie gefällt dir Marion? Sie ist eine Ausnahme. Ihr gehe ich nicht auf die Nerven.

Für sie bist du ein Entertainer.

Ein Entertainer der Apokalypse. Ein Bauchredner mit Unglücksraben-Puppe. Und sie macht ihr munteres überraschtes Kirchenchorgesicht dazu, sie blüht auf, sie mag mich makaber.

Sie versteht dich doch gar nicht.

Wer tut das?

Ich genierte mich, *ich tus* zu sagen. Aber so allein, ohne irgendeinen, der ihn verstand (womit er sich bejammern, zugleich auch brüsten würde), wollte ich ihn auch nicht lassen, und zum Glück fiel mir das bißchen Gescheite ein, das Marion gesagt hatte, über Patienten, die lieber in Ruhe gelassen würden, anstatt sich als Clowns ihren Lieben zum

Trost anzustrengen. Aber er las mit höhnischem Spott die Titel der schräg gegeneinandergestellten paar Bücher vor, sie machten einen gebrauchten, wieder also sehr persönlichen Eindruck, was mein Vater mit Hinweis auf Marion nicht zu erwähnen versäumte: Gemogelt hat sie nicht. Was haben wir denn da Schönes? Oh, sieh an, eine Churchill-Biographie. »Alle Herrlichkeit auf Erden«, sicher aus dem Besitz dieser hochherzigen Adoptivmutter. »Deutschland ohne Juden«. Na na na… Hier, klingt schon besser: »1000 und eine Nacht«. »Verdammt in alle Ewigkeit«. »Muscheln in deiner Hand«. Phhh – ich erspare uns den übrigen Ramsch. »Jenseits von Eden«. Er richtete sich auf. Noch ein Keramikgefäß. Noch ein Deckchen. Wir sollten uns jetzt den Kaffee kommen lassen. Er bückte sich über das flache, wie plattgedrückte Telephon und lästerte über den Hotelier, der sich das Ding hatte aufschwätzen lassen. Der einzige Gegenstand in diesem Zimmer, der an die Moderne erinnert, wenn auch an die spießige. Keine Erklärung der Bezifferung. Wie soll man hier die Rezeption erreichen?

Sie haben doch gar keine, erinnerte ich ihn. Am besten, ich geh runter.

Doch mein Vater probierte aufgeregt jede Nummer, schließlich hatte er anscheinend eine Stimme in der Leitung, die er andröhnte: Kaffee in der Thermoskanne für Zimmer 10. Ich habe sieben Nummern gewählt und jedesmal war null komma gar nichts, bis jetzt… ist also die acht Ihre sogenannte Rezeption? Zwei Tassen, ja. Wenns möglich ist, bitte schnell. Er hörte eine Zeitlang auf die Stimme. Kein Etagenservice? Nein, mein Sohn wird diesen Kaffee nicht holen, es ist finster und eng auf der Treppe, außerdem sind wir zwei von einer langen Reise zermürbt. Springen Sie über Ihren Schatten… und bitte, veranlassen Sie, ich weiß ja nicht mit wem ich rede… ach so… also ich möchte nachher schon für drei Nächte zahlen, falls wirs so lang durchstehen. Er hörte wieder. Dann, aufbrausend, mein zu seinem Schaden Unbehagen wie eine Saat ausstreuender Vater: Check in, check out, so geht das nun mal zu, in jedem besseren Hotel null problema.

Oh, er beklagte doch seit langem beinah nichts so vehement wie die Tatsache, daß er im Gegenstück zu einem besseren Hotel gelandet war. Ich rechnete damit, daß er, bloß um sich aufzuspielen und die Leute da unten zu verstören (ich erinnerte mich außer an die gemütliche runde Besitzerin und an ihren großen, hageren, schweigsamen Mann, falls es nicht der Koch war, aber vielleicht war er beides, an zwei hübsche Mädchen, eine hellblonde und eine dunkle: die Töchter?), und um den Wirbel um seine aufsehenerregende Person zu taifunisieren, als nächstes nach überregionalen Zeitungen fragen würde, ich habe das mal in einem kleinen, aber ganz netten und nicht so stickigen Hotel in der Provinz erlebt, damals vom Schatten meiner Mamm wunderbar gedeckt, daß er vielleicht und wahrhaftig nach der *Financial Times* fragte. Wie bitte? Und auch keine *Herald Tribune? Washington Post?* Vielleicht bereute er es jetzt schon, nicht Espresso statt Kaffee geordert zu haben. Irgendwann würde er Hotelbriefpapier verlangen und genau wissen, daß sie in den *Drei Kronen* keins hatten. In diesem Augenblick sagte er, den Hörer zwischen hochgereckter Schulter und Unterkiefer geklemmt: Na dann nicht, auch gut, primitiv primitiv, geht dann eben notgedrungen auch ohne solche Sachen, und wegen der zwei Mädchen, die das vielleicht mitbekamen, wars mir peinlich, ich stellte mir vor, wie sie sich grinsend anseufzten und dabei kicherten, schließlich, falls die Leitung nicht längst tot war, was besser wäre, losprusteten.

Was geht nicht, was ist primitiv, wonach hast du zuletzt gefragt, examinierte ich meinen Don-Quichotte-Vater.

Nach Bademänteln für dich und mich. Natürlich haben sie keine.

Du konntest das wissen, natürlich. Du ärgerst die Leute nur. Was hast du davon?

Ich weiß nicht, ich weiß es auch nicht. Sie könnten eventuell lernen, was Ansprüche sind und was Service ist. Dienstleistungen über ihr individuelles, persönliches Ambiente hinaus. Wir brauchen noch Kopfkissen. Diese Jammerlappen hier sind Parodien auf Kopfkissen, Attrappen. Und die werden wir kriegen, mein Sohn.

Sie werden nichts lernen, warum kapierst du das nicht? Ihre Preise sind auch nicht danach. Es ist ein Gasthof, Vater.

Daraufhin nahm er wieder die Kurve zum Pathetischen hin, mit elegischem Ton: Mein Sohn, ich bin stolz auf dich. Du hast Grips und behältst ihn sogar in diesem Zimmer 10 in all seiner trostlosen Erbärmlichkeit und Scheußlichkeit. Ich verliere meinen Verstand von einer Minute auf die nächste.

Ganz so schlimm ist es nicht. Du bist überanstrengt.

Es ist ganz so schlimm. Doch, das ist es. Wie sagt der große gütige Freund Anton Pavlovič Čechov? »Der Kluge lernt, der Dumme erteilt gern Belehrungen.«

Aber als der Kaffee kam, auf einem Riesentablett transportiert von der jungen Blonden, und sie lächelte, und auch ich lächelte, und auf einem kleinen Teller schichteten sich blaßgelbe Plätzchen mit einem roten festgebackenen

Geleeklacks in der Mitte, und als mein Vater sagte, er wolle das sofort bezahlen und das Mädchen *Dann bekomm ich zehnachtzig* sagte, drehte mein Vater wieder voll auf. Was ist denn das für ein Wucherpreis! Er hob die Thermoskanne an. Ist sie etwa bis oben voll? Wir wollten jeder eine gute Portion, aber keinen Koffeinschock. Wir wollten, daß der Kaffee heiß bleibt, deshalb die Thermoskanne. Ich gebe doch hier keine Party! Er erfuhr, daß der Etagenservice berechnet würde. Ein Fünfer für Etagenservice? Den Sie hier doch eigentlich gar nicht haben? Ihr Chef verfügt über eine begnadete Phantasie. Er gab mächtig an: Das ist kein Geiz bei mir, liebe Dame, ich gäbe Ihnen mit Vergnügen das Doppelte, aber bei Ihrem Chef ists, ich bleibe dabei, Wucher, und bei mir pures Vergleichen. Meine letzten Hotels waren ein *Marriot,* ein *Ramada, Steigenberger,* wasweißichnochalles, ich kenne mich also aus, Geiz ist das nicht, aber in den Spitzenhotels nehmen sie dich nicht derart unverfroren aus...

Was sonst außer Geiz? fragte ich mich, während ich mit irgendwelchem versöhnlichem Gebrummel das Mädchen, sie ging rückwärts, zur Tür hin drängte. Mein Vater sehnte sich anscheinend nicht nach einer Neuauflage von Beschimpfungen, denn von mir abgewandt stemmte er sich auf die Matratze des Betts, das er anscheinend für sich ausgewählt hatte und knurrte: Verdammt abschüssig. Ausgedient. Dann kam das Plumeau dran. Sein Kommentar: ein Ungeheuer.

Ich habe Kaffee eingeschenkt, sagte ich. Eigentlich wars mir in Zimmer 10 mit meinem ruhelosen Vater, der mir leid tat und auf den Geist ging, noch enger zumute als in Marion Schellings Japs, der sich durch Fortbewegung und die

Bescherung von Anblicken – es gab noch andere Menschen außer uns beiden, es gab Straßen und Autos und sogar die ermüdend lustige Marion – im Vergleich zur Doppelhaft hier drin als Ort der Freiheit qualifizierte.

Mein Vater überraschte mich damit, daß er den Kaffee mit dem Prädikat *genießbar* in den zweithöchsten Rang seiner Werteskala einstufte. Und irgendwie haben wir es fertiggebracht, dauernd doch nicht zu telephonieren. Wir packten zum Beispiel aus, obwohl das für uns beide so was Ähnliches wie Selbstaufgabe und Einwilligung zu bleiben bedeutete, aber so lang wir damit beschäftigt waren, mußten wir nicht telephonieren. Ich lenkte meinen Vater mit Fragen, Reden von weiteren Panikanfällen ab (im Bad löste die trübe Beleuchtung allerdings doch einen aus, vermutlich im Zusammenspiel mit dem Blick in sein seit so vielen Stunden überstrapaziertes, entgeistertes Gesicht, dem er eine Grimasse schnitt und mit dem Urteil *Blamage* den mittelbraunen kleinen Raum verließ).

Heiratet sie diesen Pfarrer? Deine Marion?

Mein Vater antwortete, sie hoffe das wohl schon im zweiten Jahr, und der gar nicht mal üble Bursche müßte bald nachgeben, wenn auch nur wegen des Geredes in der Gemeinde.

Daß er den Pfarrer mit *gar nicht mal übel* so gut benotete, war mir bekannt, er hatte mir unterwegs gesagt: Eine Ausnahme unter Seinesgleichen, so wie die sich heute als die großen Anbiederer aufführen. Der da mogelt sich nicht an der Lehre vorbei in den Umweltschutz oder sonstwohin, atomare Aufrüstung, Abrüstung, wasweißich, in den Sozialkundeunterricht. Von ihm ließe ich mir sogar eine Weihnachtspredigt verpassen. Nur die Kirche hat das Privileg der

Verkündigung, alles andere kann sonstwo veranstaltet werden, auf all den tausend Tagungen. Aber daß der Pfarrer bereits verheiratet gewesen war und schon nach zwei Jahren Ehe seine Frau verloren hatte und daß sie ausgerechnet an Krebs starb (mein Vater sagte nicht, an welcher Sorte), erfuhr ich jetzt erst, und es erschreckte mich, ich merkte wieder, daß ich zu dicke und zu warme Füße hatte und zog, wie mein Vater kaum nach Betreten des Zimmers, meine Schuhe aus.

Sind wir deswegen hierher gekommen? Du bist doch nicht um vor dem ersten Advent zu kneifen und wegen Weihnachten losgefahren.

Menschen die eine persönliche Erfahrung mit dem Tod gemacht haben, fing mein Vater an und dann, kam selten bei ihm vor, wußte er nicht weiter.

Du meinst, sie sind dann nicht mehr ganz so albern wie deine Marion?

Diesmal, weil mir auch wieder meine Mutter einfiel und daß sie wahrscheinlich doch damit rechnete, daß wir sie anrufen würden, und weil überhaupt das ganze Entsetzen unserer Not mich anfaßte (mir kams vor, als wären wir in eine total dumme, eine saudumme Geschichte geschlittert), diesmal hatte ich mit Absicht grantig geredet.

Marion ist weniger albern, sie ist schußlig, unkonzentriert. Eine erschreckend fröhliche Frau. In meiner Lage muß ich auf Ablenkung hoffen. Aber sie hat ihre Meriten. Ich hoffe auf sie.

War sie einmal in dich verliebt?

Er hoffte *das* ebenfalls. (Er sagte: Zu ihren Gunsten. Und daß sie damit Geschmack bewiese, Intelligenz auch. Daß er lachen mußte, freute mich, es öffnete den Freiheitsentzug in Zimmer 10 um einen Spalt.)

Warum bist du so unhöflich zu ihr?

Weil sie das an ihm gewohnt wäre und sie ihn als Humoristen schätzte.

Das ist es ja gerade, warum macht das dich nicht verrückt statt einem bloß naiven Etagenservicepreis und dieser blöden Madonna und all dem andern Kitsch und Quatsch? Sie merkt nicht, wie ernst du es meinst. Daß du es ernst meinst.

Ist mir lieber, sie solls nicht merken. Mein Vater klang zum ersten Mal ganz ruhig. Ich hielt den Mund und war froh über seine Absicht, sich draußen etwas Bewegung zu machen. Weil er bestimmt nur um väterlich zu sein, aber ziemlich flüchtig fragte, ob ich ihn begleiten wollte, lehnte ich ab mit dem Plan, ihm aus dem Fenster, das zur Straße ging, nachzuspionieren, damit ich wüßte, in welche Richtung er ginge. Dann würde ich mich auch ein bißchen draußen rumtreiben, in der Gegenrichtung, ganz egal wo. Mein Vater mußte dringend eine Zeitlang allein sein, ich auch.

Und wir hatten uns beide verbummelt und nicht telephoniert und kaum noch Zeit bis zur Verabredung im Pfarrhaus. Der Pfarrer, ein knochiger großer Mann und vielleicht Ende Vierzig, so was kann ich nicht gut schätzen, kaute bei der Begrüßung auf seinem Pfeifenmundstück wie auf dem Schrecken des Todes selber herum (seine Frau war allerdings schon vor Jahren gestorben). Er sprach nach den Apéritifs (weil der Pfarrer Bier wollte, nahmen wir auch Bier, und Marion verzog sich mit ihrem Sherry in die Küche) beim Essen wieder die Einladung aus, wir sollten über Weihnachten bleiben. Oder wir könnten zurückfahren und unsere liebe Patientin besuchen und dann wiederkommen. Mir graute vor beiden Varianten.

Ihr solltet über Weihnachten nicht allein sein. Marion legte uns rosige Lachsfiletscheiben auf die Teller, häufte Wildreis und Broccoliköpfchen daneben, und mein Vater polterte los, äffte sie nach: An Weihnachten nicht allein sein – hör mal, was soll das. Wir sind kein verlassenes Rentnerpärchen, das sich allein mit Kerzengeflacker und Nadelholzzweigen grault und losflennt... Mit ins Amüsierte gewendetem Ton sagte er zu mir: Sie kocht gut, aber wenig. Halt dich dran, mein Sohn, so lang die Schüsseln noch nicht ganz leer sind. Wie der Pfarrer mit Marions Portionen zurechtkäme, wollte er wissen, und ich erfuhr von der durch meinen Vater aufs Beste stimulierten Marion, das hätte er bei noch jeder gemeinsamen Mahlzeit gefragt, und der Pfarrer sagte nach einem bäurischen trockenen Lachen in seiner ruckhaften Sprechweise (als wäre er zu oft mit Marion im Japs gefahren, er rückte mit seinen Wörtern so stakkatoartig raus wie sie das Auto voranstieß), er wäre mittlerweile dran gewöhnt. Und aufs Ganze gesehen bekäme es ihm besser, wenig zu essen, aber Gemeindemitglieder brächten täglich große Portionen von Frischgeschlachtetem und Kuchen ins Haus; es blieb offen, ob er davon separat außerhalb der Eßzeiten profitierte (Marion arbeitet ehrenamtlich vormittags im Kindergarten, nachmittags im Büro der Sozialstation), der Pfarrer schaute verwundert seinen Worten hinterher, schien alle die Fleischbrocken und Würste und Backwaren in der Speisekammer vor sich zu sehen, aß hastig weiter. Marion erschreckte mich mit einem Rütteln an meiner rechten Schulter, sie legte gerade Winzigkeiten von Reis und Gemüse nach: Und ich hab einfach so drauflos *du* gesagt! Durfte ich das denn? Sie strahlte mich an, und mir fiel der Vergleich meines Vaters ein: Ja, sie hatte ein Kirchenchorgesicht. Ein richtig herzliches, ein nettes, fröhliches Kirchenchorgesicht, aber sie würde nur mitsingen, wenn Loblieder vorkamen, niemals bei Choralsätzen in Moll, bei keinem Requiem. Ich beruhigte sie, beruhigen ist bei einer Frau wie ihr gar nicht nötig, denn heutzutage würde ja jeder sofort zu jedem *du* sagen. Sie fand das wunderbar und beschwor mich, auf der Stelle auch sie zu duzen. Schon siebzehn! Es war nicht kränkend, wie sehr sie über mein zu niedrig geschätztes Alter staunte, denn ich kannte sie mittlerweile gut genug um zu wissen, daß sie nicht auch nur eine Minute drüber nachgedacht hatte, wie alt ich war. Es war ihr einfach schnuppe. Gewundert hat mich bloß, wie leicht ich ihr verzieh. Weil es, so wie bei ihr mit dem überflüssigen Beruhigen, gar nichts zu verzeihen gab. Der Pfarrer hielt sich da heraus, womit er bei mir Punkte sammelte. Wir brauchten nicht *du* zu sagen, viel reden würden wir überhaupt nicht, er überließ dieses Feld Marion, und wenn er freiwillig mit etwas anfing, als erster in einen gesprächslosen Moment vorstieß, tat er es nervös und hastig. Obwohl mein Vater zu viel schwadronierte, entdeckte ich zwischen ihm und dem Pfarrer merkwürdigerweise eine Ähnlichkeit. Vielleicht wußten sie beide über ratloses Leiden Bescheid. Der Pfarrer war mir jedenfalls sympathisch.

Übrigens hatte ich einen schwierigen Moment hinter mir, aber mein Vater war zum Glück ruhig geblieben, grinste nicht mal. Ich war nämlich schon mit der Gabel im Lachs, als Marion rief: Wir beten! Ich bekam die Gabel schlecht aus dem Lachs und faltete zu spät die Hände. Marion merkte es wahrscheinlich nicht, obwohl sie auswendig sprach, glaube ich wenigstens, aufzublicken wagte ich nicht.

Als sie *Amen* schmetterte, und ich dachte, es wäre Schluß, jubelte sie einen aufmunternden Dank für *diese Gemeinschaft an diesem Tisch* Gott entgegen, und meine rechte Hand wurde von ihrer warmen linken gepackt, ich spürte den Druck von zwei Ringen, und meine linke spielte eine flüchtige scheue Gastrolle in der rechten Hand des Pfarrers, der sie aus Verlegenheit schnell losließ und sofort mit dem Essen anfing.

Ich bin mit Tischgebeten aufgewachsen und finde es gut so. Es kam eine andere Dimension dazu, aber nachgedacht darüber habe ich nicht. Ich dachte nicht, Herr Jesus sei wirklich unser Gast, hätte mir das wohl auch nicht gewünscht. Gelernt habe ich in dieser Gebetsgedankenlosigkeit allgemeines Stegreifdenken, und das drückt eine Sehnsucht aus. Mein Vater blinzelte mir zu, als wollte er mich beruhigen: Geht auch wieder glimpflich aus. Er fragte den Pfarrer, ob er bei den immer gleichen Gebeten noch imstande wäre, gründlich mitzudenken, zu interpretieren, zu empfinden. Der Pfarrer brach seine spechtartige Eßweise ab und verneinte unverzüglich.

Als mein Vater *Das gefällt mir und es enttäuscht mich* sagte, artikulierte er mein eigenes Gefühl. Ohne die Krankheit meiner Mutter hätte es mich bestimmt überhaupt nicht interessiert, ob ein Pfarrer glaubensstark und von Zweifeln frei und jeder Silbe inbrünstig bewußt hinter seinen Gebeten steht oder nicht. Im Verlauf des Abends lernte ich Marions Pfarrer als einen vom Tod zu Tode erschrockenen Menschen kennen. Nach etwas mehr Bier ging er – stoßweise, nie ausführlich – aus sich heraus. Er würde es nie anders als quälend erleben, mit den Angehörigen eines gerade Verstorbenen zu sprechen oder an einem Sterbebett die richtigen Worte zu suchen. Und wieder war es beides, seine Verzweiflung (er schüttelte sich wie im Ekel vor den Trauerszenen, in die er sich versetzte, wollte sie loswerden) und das Störrische an ihm (er sah über sich selbst verwundert aus), sie gefielen mir und sie enttäuschten mich, und garantiert hätte er nicht so stark auf mich gewirkt, wenn meine Mutter gesund wie noch vor drei oder vier Monaten gewesen wäre. (Und wir hatten sie nicht angerufen!) Selbstverständlich hatte mein Vater seine derzeitige Lieblingsplatte aufgelegt und ihn mit der Sind-Sie-bereit-zu-sterben-Frage traktiert, und er schüttelte sich wieder, er hatte was von einem Pferd. Fast hatte ich Marion wegen ihrer Blödheit gern, sie sagte wie bei der Fahrt im Japs, es müßte ja nicht sofort sein, das Sterben nicht vor Weihnachten bitte, und ähnlichen Schwachsinn, und sie lachte. Nachtisch gab es auch, bloß wieder wenig, nur eine einzige Vanille-Eis-Kugel neben Apfelschnitzen mit Zucker- und Zimtkruste, und einen Klacks Rahm obendrauf, sehr köstlich und deshalb wars besonders schlimm, sich Löffel für Löffel hinzuhalten. Ich esse gern zügig. Meinem Vater sah ich an (ich weiß was los ist, wenn er mit einem Insektenforscherblick seine Portion studiert, und diesmal hoffte ich, daß er mit einer Kritik eine Änderung der Verhältnisse herbeiführte), ich erkannte also an seinem Ausdruck, was ihn beschäftigte, nämlich daß er hier nicht satt wurde. Und er sagte es, nur schob er den größten Teil der Misere auf mich, seinen Sohn, der sich noch im Aufbau befände und das machte mich vor den andern nun doch wieder allzu kindisch und auch lächerlich.

Ich habs selbst bemerkt, und ich werde mich bessern. Für die nächsten paar Mahlzeiten und so lang ihr wollt, ich hoffs ja noch, daß ihr zwei, Strohwitwer und Strohsohn, über Weihnachten mit uns zusammenseid. Du doch auch, das weiß ich. Marion nahm ihrem Pfarrer, falls er lieber schwiege, die Antwort ab, aber er sagte, auch er fände gemeinsames Weihnachten richtig gut. Und ich bessere mich sogar sofort! Marion flatterte wie ein sehr großer Vogel ab in die Küche und kehrte mit einer Schale Gebäck (»Schon etwas für Weihnachten gebacken«), und einer Packung Pralinen zurück. Erhitzt wie sie war, das Haar etwas mitgenommen vom vielen Hin und Her, sah ihr patentes Lobgesangsgesicht zwischen den heidschnuckengehörnartigen grauweißen Strähnen indianisch aus. Ich wurde gefragt, was ich zum Thema Weihnachten meinte. Ich meinte irgendwas Schwebend-Ungewisses, das mit dem Problem Zimmer 10 zusammenhing, und daß mich Weihnachten sowieso nicht besonders aufregen würde, was stimmte und auch wieder nicht stimmte. Es *würde* mich aufregen, in diesem Jahr ohne meine Mutter, und weil es meinen Vater aufregen würde.

Gibts denn keine Einzelzimmer mehr in den *Drei Kronen*? fragte der Pfarrer.

Über Weihnachten bestimmt, nur jetzt waren die zwei, die sie haben, ausgebucht, berichtete Marion.

Mein Vater schläft schlecht. Plötzlich war ich hier der Sprecher, gleichzeitig sein Anwalt. Irgendwie hatte ich ihn reduziert. Weil er sich auf den Magen faßte, vermutete ich, seine chronische Übelkeit hätte sich gemeldet, von dem bißchen Essen konnte es nicht kommen, mehr von der Aufgeregtheit, die ihm den ganzen Tag über zugesetzt hatte und jetzt dämpfte. Nur schubweise, knotterte er unkonzentriert, mit langen Intervallen von Wachsein, Halbwachsein, das ist bei mir Schlafen.

46

Mein Vater schnarcht und schläft etwas besser, als er denkt. So viel ich weiß, schnarche ich nicht. Aber ich schlafe gut, er stört mich kaum, ich war schon einmal in einem Doppelzimmer mit ihm. Davon würde ich nichts sagen. Mir war auf einmal ziemlich trostlos zumute. Ich hatte Angst um ihn. Wenn er den Elan verliert, seine hochgestochenen absonderlichen Reden zu schwingen, könnte ich eigentlich aufatmen, doch leider muß ich mir dann Sorgen um ihn machen. Obwohl er dort in seinem Sessel saß – wir hatten es uns im Wohnzimmer bequemer gemacht als am Eßtisch – kam er mir vor wie jemand, der verschwindet; kleiner, immer kleiner wurde er, zu einem Schatten, eingesunken, zu einer Motte und ich mußte an den letzten Eindruck von meiner Mutter denken: Nach unserem Abschied an der Glastür der Station HF 1 drehte ich mich zu ihr zurück, die wegging, ohne sich umzusehen, und auch sie war, aber damals stimmte das Bild von ihr mit der Wirklichkeit überein, zum Schatten und Umriß geworden, zur Fliege, zur Motte, als sie ihre Krankenzimmertür öffnete, durchbohrt vom Licht, das sich von innen auf sie stürzte, und dann schluckte die Tür, die sie hinter sich zumachte, sie runter, sie war weg. Ich fing an zu schwitzen, aber kalt, wie wenn beim Sport der steinharte Ball direkt auf mich zujagt und ich nicht weglaufen kann. Ich muß ihn mit dem Fuß erwischen und lostreten, in welche Richtung, wo wird er erwartet (ich hasse Sport und kapiere kein einziges Spiel), aber der Ball fliegt mir nicht flach genug entgegen, er wird gegen meinen Magen prallen, ich sollte enorm schnell zurückdribbeln, aber ich sehe es kommen, daß ich mich unter ihm wegducke – diese ganze saudumme schreckliche Angstversammlung staut sich in wenigen Sekunden. (Es gibt keinen Sinn, daß ich nicht verachtet werden will, denn es macht mir nichts aus, wenn jede Mannschaft über mich als Pflichtzuteilung stöhnt, erstens bin ich nicht der einzige Versager – oder Verweigerer: so sehe ich es lieber – auf dem Spielfeld, und von den glanzvollsten Kicker-Helden lasse ich in Latein und Englisch bei mir abschreiben, sowieso habe ich kein Problem mit dem Selbstbewußtsein, schon gar nicht nach außen.) Im Krankenhausflur aber habe ich meine Mutter noch viel schlechter behandelt als jeden Ball und bin weggelaufen, vom Entsetzen in die Zange genommen. Ich hab dich zum letzten Mal gesehen, ich seh dich nie mehr, gings mir in meinem benebelten Kopf rum, und ich bin nur, weil ich auf meinen Vater achten mußte, wieder zur Besinnung gekommen.

Darin, daß nun mein Vater im Pfarrhauswohnzimmer so klein wurde und die Erinnerung an das Trugbild aufweckte, in dem meine Mutter für immer verschwand, erkenne ich jetzt den Vorboten zum Schock, den mir später Marion verpaßt hat. Komm mal mit, hatte sie zu mir gesagt, die sonst hohe Quasselig-immer-auf-Trab-Stimme gedämpft, während die Männer sich unterhielten: In ihrer Selbstdenunziation und bitterbefriedigter zerstörerischer Lust waren sie so weit, sich, wenns um den Tod ging, als erbärmliche Kreaturen zu bekennen, der niedrigsten aller Kreaturen ähnlich. Mein Vater dröhnte:

»Es ist aber der Glaube eine gewisse Zuversicht...«, eine *gewisse*! Nur geht vorm Zugriff des Todes die großartige Zuversicht flöten! Und da mußte ich Marion aus dem Zimmer folgen, hinter ihr die Treppe raufgehen (keine üblen Beine und anscheinend lang genug unter ihrem dunkelgrünen Schottenfaltenrock), in ein enges, dicht möbliertes warmes

Zimmer eintreten (unten wars eher kühl), zu dem sie *mein kleines Reich* sagte, *klein aber fein.* Aus Höflichkeit sah ich mich um, aber ich sah eigentlich nichts, eingeprägt hat sich mir nur ein Duplikat der ovalen Madonnenplakette aus Zimmer 10 in den *Drei Kronen,* das pampige Gesicht und der Babykopf und der drumgewundene Stutzen von Arm mit der Hand dran, düster braunrot bronziert. Wieder aus Höflichkeit, die dann hauptsächlich Feigheit war, habe ich das Buch, das sie mir zur Begutachtung überreichte, nicht sofort in eine Zimmerecke gepfeffert, wohin es gehört hätte. Wie ein freundlicher betrübter Idiot stand ich da und beglotzte den Einband, den Titel, blätterte mich blicklos durch ein paar Seiten, so als würde mich die Angelegenheit allen Ernstes interessieren. Marion hatte mir das meiner Mutter zugedachte Buch aufgenötigt. Vielleicht wollte sie meinem Erwachsensein damit schmeicheln: Bei deinem Vater weiß man ja nie, du kennst ihn besser, deshalb solltest du beurteilen, ob er das auch, so wie ich, für den ganz idealen Fund hält. Sie leuchtete wie ein Lampion, sie hat ein paar Kerzen hinterm Kirchenchorgesicht. Sie sagte, mein Vater wäre oft umwerfend komisch, vor allem in seinem Zorn.

Ich glaube, er findet allmählich das meiste so komisch, daß es ihn todunglücklich macht, und wütend, sagte ich, und das verstand sie natürlich nicht, obwohl sie mit *ja ja* so tat als ob.

Ich kanns mitnehmen, ich kanns ihm im Hotel dann zeigen. (Ich wollte vermeiden, daß er gleich jetzt unten im Wohnzimmer die Fassung verlor. Wenn er eine wüste Szene gemacht hätte, wäre mir das sogar recht gewesen. Aber er könnte allzu schockiert sein für so was.)

Mir gehts ja drum, daß deine Mutter das Buch liest. Nicht

er. Sie! Und sie wird bestimmt Hoffnung und Mut daraus schöpfen, sagte Marion, womit die Audienz in ihrem kleinen aber feinen Reich beendet war.

Das Buch war von einer Frau, deren mit dem Kinn auf die Hand gestütztes Grinsgesicht über dem Klappentext abgebildet war. Es hieß: *Flecken auf meiner Haut: Prognose Tod.* Auf der Treppe, diesmal ruhte mein Blick auf ihrem Mittelscheitel, von dem die Heidschnuckenfellbahnen säuberlich getrennt abwärts verliefen, rief Marion mir über die Schulter zu: Du siehst, diese Autorin hats geschafft, sie lebt, sie schreibt Bücher drüber. Das muß andere Betroffene ermutigen.

Warum konnte ich Marion Schelling nicht einfach hassen? Sie war begriffsstutzig, doof, nur deshalb taktlos, aber ich bin nicht gerade ein großer weiser überlegener Verzeihungsspezialist, wirklich nicht. Ich fand ihre Buchidee für meine Mutter wahrhaftig hundsmiserabel, sie war das Allerallerletzte, aber etwas hielt mich davor zurück, durchzudrehen und in ihr ein Mistweibstück zu sehen. Und auch das kommt mir nachträglich wie ein Vorbote vor. Denn ausgerechnet durch diese drollige Frau kam ich zum besten Gefühl dieses von A bis Z unerfreulichen Tags, zum einzig guten Erlebnis.

Bevor wir ins Wohnzimmer zurückkamen, hatte ich in der Garderobe den exhibitionistischen Schundroman (glücklicherweise ziemlich schmal) in die Innentasche meines Anoraks gestopft, ich wußte schon wohin damit: Irgendwo zwischen *Churchills Biographie* und *Alle Herrlichkeit auf Erden* im Regal von Zimmer 10 würde ich es klemmen, und mein Vater rief mir in bester Laune zu: Hier hätten wir zu Weihnachten einen Pfarrer, den letzten Mohikaner, der uns Christi Geburt nicht von Bethlehem nach Banja Luka oder in einen Asylbewerberknast verladen würde. Er würde Tacheles reden. Leuchtet mir beinah ein, trotz des Drei-Kronen-Misthaufens von einer Bleibe, die Einladung anzunehmen. Was hältst du davon? Er holte großartig aus und verkündete: Die Wünsche meines Sohnes sitzen in meinem Gehirn und in meiner Seele auf dem allerersten Logenplatz. Und wenn sie mir die Sicht auf die Bühne verdecken, macht nichts, mein Sohn rangiert ganz vorne.

Ehe ich mit meinem Zwiespalt (Höflichkeit, Feigheit, Unentschlossenheit kam diesmal dazu) zurecht und zu einer Antwort kam, krisch Marion auf, schlug die Hände zusammen, klatsch und nochmal klatsch! und rief: Ich bin ja wirklich eine zerstreute vergeßliche dumme alte Trine! Hab ich das Wichtigste verschlammbeißert und verkasemadukelt! Sie lachte, sie blendete uns alle drei nacheinander mit ihrem Leuchtfeuerstrahlen an, Lobeshymnnengesicht, aber nachträglich sehe ich sie als Madonna. Ich soll euch zwei ganz ganz herzlich von ihr grüßen! Von deiner Frau, von deiner Frau Mama! Sie sagte, während mirs ganz heiß wurde, jeder Nerv aufwachte, sie hätte meine Mutter sofort angerufen, nachdem sie uns bei den *Drei Kronen* abgeliefert und ins Pfarrhaus gekommen war.

Sie waren nett bei der Vermittlung in der Klinik. Ich soll euch sagen, daß es ihr gut geht. Und daß ihrs euch auch wie hat sies ausgedrückt…

Laßts euch gut gehen, sagte ich. Es ist der Standard-Wunsch meiner Mutter für uns, sie sagt es immer, und wenn sie mich oder meinen Vater allein meint, sagt sie *Laß dirs gut gehen,* und mein Vater sagt jedesmal *Wie soll ich das machen, liegt das etwa bei mir,* aber ich weiß, wie dringend wir beide genau diese Aufforderung von ihr brauchen und daß der Wunsch hilft.

Während mein Vater, der so erlöst war wie ich, Marion lobte, er hat ausnahmsweise überhaupt nicht übertrieben rumschwadroniert, nur *das war wirklich sehr sehr nett von dir* gesagt, solche einfachen Sachen, wußte ich, was ich antworten würde, wenn sie sich dran erinnerte, mich wieder zu fragen, ob ich über Weihnachten hier bleiben wollte.

## You never know

Uff! Geschafft! Netti ließ sich auf den alten Lehnstuhl mit Armstützen und geflochtenem, brüchigem Sitzteil plumpsen und stemmte die Ellenbogen auf ihren breiten Tisch für Bastelarbeiten, ihre kleinen Studien in Aquarell (sie hatte ihre Aufgaben in den letzten Tagen wieder einmal vernachlässigen müssen, aber alle im Kunstkurs wußten Bescheid und bewunderten sie mehr für den Streß mit ihren beiden Schwestern als für ihre Talentproben, talentiert war sie *wirklich*). Versäumnisse auch beim Eintragen der Ausgaben ins Haushaltsbuch und mit der überfälligen Weihnachtspost – auf dem Arbeitstisch war kaum noch ein freier Fleck zu finden, was einer Metapher für ihren Alltag gleichkam. Es wurde früh dunkel, im Nordzimmer noch früher als in den anderen Räumen des alten Hauses, aber Netti brauchte jetzt kein Licht. Sie mußte nur mal durchatmen. Geschafft. Danke. Tillia, die Zweitälteste, hatte seit gestern abend schon wieder ein bißchen Appetit, ging, wenn auch etwas seekrank, endlich wie sonst in die Küche und sah abends fern. Und der HNO-Arzt hatte in Olgas Mund in eine Beule gestochen und Eiter war herausgekommen und ihr ein Antibiotikum angenehmerweise sogar gleich dagelassen, das ersparte Netti den Gang zur Apotheke, auch dafür war sie dankbar, sie konnte Killer und Biesty, ihr niedliches Yorkshire-Hundegespann, so schlecht in die Stadt mitnehmen, danke, danke, Dank sogar an die Adresse Georgs. Georg war der Sohn ihrer ältesten Schwester Olga, und der hatte sie heute morgen noch mit seinem Befehl geärgert: Ruft den Arzt an! Am besten einen HNO-Arzt. Er soll sofort kommen, ihr habt sie jetzt lang genug schmoren lassen. Wenn sie Fieber hat, muß was dahinterstecken. Wirklich, anders als Befehl konnte man Georgs Anweisung nicht nennen. Aber nun erwies sich seine Strenge als Wohltat und Erleichterung nicht nur für seine Mutter, fast genau im selben Maß auch für sie, Netti, der die gesundheitlichen Höhen und Tiefen ihrer beiden Schwestern jedesmal eine Menge Abstrampelei aufbrummten.

Ich danke dir, ich danke dir, summte es in ihrem Kopf, und sie fragte sich: Wem eigentlich? Wem genau? Sah doch ganz so aus, als wende sie sich, über Tillias Internisten und die Pharma-Industrie, den HNO-Arzt Olgas und Georgs Kommando hoch hinausragend, an irgendwas Unirdisches. Geschieht unwillkürlich, rief sie sich in die alte Netti-Ordnung zurück. Netti, um etwas mehr als anderthalb Jahrzehnte jünger als ihre beiden Schwestern, hatte als einzige den Absprung von der Familientradition einer diffusen Frömmigkeit gewagt, aber in diesem Moment empfand sie die stillschweigende Anhänglichkeit an ein etwas wackliges und doch hoffnungsvolles Glaubensgerüst mutiger als ihren Widerstand. Tillia wirkte immer richtig ausgelöscht, wenn Netti sich weigerte, ihr den Bach-Choral von »Wer

nur den lieben Gott läßt walten« auf dem Klavier vorzu-
spielen. Das letzte Mal wars besonders gemein dabei zuge-
gangen: Okay, ich machs. Netti hatte sich ans Klavier gesetzt
und statt des Chorals »Daisy, Daisy, give me your answer, do«
in die Tasten gehauen und dazu die Melodie mit viel Tre-
molo geschmettert. »I'm half crazy all of the love for you...«
Stimmt genau, ich liebe euch zwei Schwestern wie verrückt.
Aber Olga hatte neulich ihren stumpfen enttäuschten Ausdruck gekriegt, als Netti auch in diesem Jahr wieder mit
ihrer Weihnachtsallergie loslegte und *Nichts da mit all dem
Klingelingelingglöcklein* raunzte.

Danke, Dank, Dank. Sie sind beide gerettet. Plötzlich war
Netti zu einer Wiedergutmachung entschlossen. Sie würde
Nachbar Kretzmer anrufen. Sofort. Dazu mußte sie jetzt
aber doch Licht machen. Auf ihre Arbeitstischlampe war sie
stolz, sie hatte genau diesen grünen, walmdachförmigen
Glasschirm wie Bürolampen auf Polizeistationen und Re-
porterschreibtischen in alten amerikanischen Filmen. Sie
wählte die 5378 und wartete drei Rufzeichen ab, dann ging
Frau Kretzmer dran und sagte: Kretzmer? im fragenden, er-
wartungsvollen Ton von Menschen, bei denen nicht allzu-
oft das Telephon klingelt.
    Hier ist Netti, die Nachbarin. Ich wollte nur...
    Oh, unterbrach Frau Kretzmer, die wußte, was nebenan
vorging, und damit rechnete, ihre Hilfe werde gebraucht,
wozu sie immer bereit war. Gibts irgendwas, das ich tun
kann?
    Nein, nein, tausend Dank! Netti berichtete schnell von
ihrem Glück, sie wußte für den festlichen Tag bis zum Einschlafen keines, das mehr von sich hätte hermachen kön-

nen als dieses: Tillia hatte Lust auf Lachsschinken, Netti genehmigte ihr aber vorsichtshalber nur eine Miniaturportion zu zwei Zwieback, schwarzem Tee, und Olgas verwundeter Mundraum vertrug immerhin schon wieder in Kartoffelpüree gerührten Apfelbrei, davon würde sie nachher die zweite Puppenstubendosis runtermümmeln, hurra, das war das Glück, das seine Riesendimension aus der Rückgewinnung ganz banaler Bedingungen speiste. Oft erlebte Netti mit den kränkelnden Schwestern Georg Christoph Lichtenbergs Entdeckung des unscheinbaren Glücks, seine Worte als Praxis: Wir hielten unser Glück für unscheinbar, memorierte sie, ich habs gar nicht bemerkt, daß das Glück war, bis es verlorenging.

Auf ihre herzliche anteilnehmende Art freute sich Frau Kretzmer mit Netti über die Genesungsprozesse der Schwestern. Bei ihr, obwohl sie viele Jahre jünger war, mußte Netti sich nie fragen, ob sie sich womöglich ein bißchen über die drei Nachbarinnen lustig machte. Und vielleicht zu ihrem Mann sagen würde: Die arme Netti, als Nachkömmling hat sie mit den beiden eine wahre Landplage am Hals. Und was für ein Getue jedesmal, wenns einer nicht gutgeht. Nein, so würde sie nicht reden, nicht Frau Kretzmer, und auch nicht Herr Kretzmer. Fast hätten sie ja das Recht dazu. Ihr Sohn war erst neunzehn gewesen, als er bei einem Schwimmunfall starb. Trotzdem wurden über den Gartenzaun weg alte Frauen älter und älter und nochmals nach einer Magenverstimmung oder sonstwelcher Bagatellen wieder gesund. Ich an ihrer Stelle wäre sicher ab und zu mißgünstig, dachte Netti. Sie müßte noch einen Rundgang mit Killer und Biesty zu deren Lieblingspoststellen machen (das waren bei Killer drei Lindenbaumstämme in der Lessingstraße, bei Biesty die Ketterer Anlage) und kam daher schnell zur Sache: Ihr Mann war so lieb und fragte mich, ob ich an dem kleinen Baum interessiert wäre, und ich habe *nein danke* gesagt. (Schrecklich: Zur dadurch wie abgetöteten armen Olga hatte sie *Es gibt kein Bäumchen, basta* gesagt.) Eine Spur Weihnachtszorn konnte man sogar Kretzmers gegenüber rauslassen, sie verstanden das zwar nicht ganz, kämen zur Deutung: Die Arme ist einfach überfordert. Aber schon das bißchen Offenheit tat gut. Ja und nun, sagte Netti und registrierte wie bei jedem Telephonat die graue Schmutzschicht auf dem Apparat, nun hab ich mirs doch anders überlegt, und ich hätte doch sehr gern den kleinen Baum. Hoffentlich ist er nicht schon anderweitig vergeben.

Nein, das war er nicht, und Frau Kretzmer würde es ihrem Mann ausrichten. Und weiterhin gute Besserung für Ihre Schwestern. Da können Sie jetzt mal ein wenig durchatmen. Frau Kretzmer verabschiedete sich, und Netti, kaum auf der Straße mit den wuseligen Hündchen, die nie in die gleiche Richtung strebten, wunderte sich über ihr Bedürfnis, noch mehr zu plaudern. Am liebsten hätte sie die Ärzte ihrer Schwestern aufgesucht, wäre ihnen, einem nach dem andern, vor Erleichterung um den Hals gefallen. Auch die Ärzte schienen den Wunsch der Alten, immer noch nicht zu sterben, nicht lächerlich zu finden und reparierten sie unverdrossen. Sie haben schöne Berufe, würde Netti sagen, mich beispielsweise haben Sie nicht zum ersten Mal glücklich gemacht. Netti wäre gern flott ausgeschritten, aber die Hunde wimmelten immer wieder dicht um sie herum, ihre Leinen schleiften übers Trottoir. Die leuchtenden Christbäume in den Vorgärten und Glitzerarrangements wie Las-

Vegas-Reklame hinter Fenstern machten sie an diesem Abend nicht wütend. Killer benahm sich schrecklich unkonzentriert an seinem ersten Baum, bei der zweiten Linde schnupperte er fahrig um den Stamm herum und verhedderte sich in seiner Leine, und Biesty trödelte entschlußlos entlang der Buchsbaumrabatte, umkreiste sich selber, bevor sie sich bibbernd niederließ und doch unverrichteter Dinge wieder aufrichtete, lauter halbe Sachen, bis den beiden ihre etwas alberne Angewohnheit einfiel und sie sich bei Netti ihre alten Waschlappen erbettelten, die sie zur Belustigung von Passanten in ihren kleinen Schnauzen mit sich schleppten. Netti bevorzugte große Hunde, so wie Cooper und Gabin gewesen waren (benannt nach Lieblingsschauspielern mit gut rufbaren, für Hundeohren eingängigen Nachnamen), aber als die alte eigenbrötlerische Hermine Stock starb und ehe das verwaiste Hundepärchen im Tierheim gelandet wäre, übernahm Netti (es war sowieso nach Gabins Tod und Netti in einem furchtbaren Tief) Killer und Biesty, die der Erinnerung an zwei Kriminalromane aus Hermine Stocks Feder ihre Gangsternamen verdankten. Und Netti liebte auch die beiden winzigen Flederwische, natürlich wars eine Umstellung, außerdem eine Trotz- und Widerstandsliebe, die sie gegen Wohlmeinende verteidigen mußte: Ja, schön und gut, sie machen mir noch mehr Arbeit, als ich sowieso schon habe, wirklich, das tun sie, aber es ist eine völlig andere Art von Arbeit, mehr was Lustiges, und ohne Hund möchte ich schon gar nicht leben.

Heute abend benahmen sich nicht nur die Hunde zerstreut, auch Netti war abgelenkt. Weil es allmählich stockfinster geworden war und ihr Weg durch schlecht beleuchtete Seitenstraßen führte, kam es wegen der Waschlappen zu keinerlei Kontakten, und in Netti brummte wieder das Danken, als hätte sie im Kopf ein Bienengeschwirr. *Danke* und *Noch nicht* wechselten sich ab. Es war bei Tillia und Olga auch diesmal wieder noch nicht das Aus. Es geht alles weiter wie immer. Und so mühselig das auch oft war, es war trotzdem, was Netti sich wünschte. Fürchtete sie hauptsächlich die Veränderung, die ein Todesfall mit sich brächte? Ihre eigene Traurigkeit? Oder, weil die zwei ja nicht auf einen Schlag sterben würden, die entsetzliche Aufgabe, die Übriggebliebene zu trösten? Puh – es bedrückte sie ganz scheußlich, diese Dinge zu durchdenken, und deshalb ließ sie es auch meistens sein oder brach, so wie jetzt am Ende des Rundgangs, rechtzeitig ab.

Eingelassen in die warme, nicht bis in die letzten Winkel von zwei Wandlampen mild beleuchtete Diele (Oberlicht konnte Netti nicht ausstehen) und von den Verschlüssen ihrer Doppelleine abgeklinkt, sausten Killer und Biesty auf eine kleine, lose mit einer Kordel geschnürte Fichte zu, nichts von der Unschlüssigkeit unterwegs war übrig, sie kläfften die Fichte an, was soviel hieß wie *Herzlich willkommen*. Netti mußte lachen. Wenn man Killers und Biestys Vergnügtheit menschlich deutete, hatten auch sie bisher weihnachtliche Vorbereitungen vermißt und freuten sich nun über Nettis Goodwill-Aktion. Herr Kretzmer war demnach sofort rübergekommen, und leider könnte Netti nur noch Olga überraschen, falls Tillia nichts ausplauderte, denn im Unterschied zu Olga war sie gehfähig und hatte Herrn Kretzmer die Tür aufgemacht. Die Tür zum Wohnzimmer, wohin Olga nach fünf gefügigen engelsgeduldigen

Tagen der Starre endlich wieder hatte bugsiert werden können, ging auf die Diele und stand weit offen, und Netti, die sich aus ihrer winterlichen Verpackung löste, hörte Tillia sagen: Olga, jetzt gibts doch einen Christbaum. Es wird doch weihnachtlich.

Olga sagte nichts, was darauf deutete, daß sie nichts gehört hatte. Oft hörte sie eine Stimme nicht einmal als Geräusch. Und wenn sie etwas hörte, aber nichts verstand, flüchtete sie sich in die schlechte Angewohnheit, zu mogeln und einfach *ja* zu sagen. Es half nichts, ihr immer wieder einzuprägen: Du darfst nicht ja und amen zu allem sagen. Das kann auch mal gefährlich werden. Wenn du zum Beispiel lieber nein gesagt hättest, wenns klüger gewesen wäre, nein zu sagen. Tillia rief: He, Olga! Warum fragst du nicht: Wie bitte?

Wie bitte?

Es gibt einen Baum.

Was gibts?

Einen Baum! Ein Bäumchen!

Wenn ihr nur bitte nie mehr *Bäumchen* dazu sagen würdet, schrie Netti von der Diele aus, wo sie mit eingeübtem Scheuklappenblick vor dem Spiegel ihre Wollmütze vom Kopf riß, dann gemäß ihrer Verweigerungsabart vom Vorgang des Frisierens dreimal schnell beidhändig durchs kurze Haar raufte. Im Wohnzimmer hob Tillia ihre großen, vom Grünen Star gleichsam gekränkten armen Augen von der Zeitungsseite auf; die beleuchtete große Lupe, mit der sie jeden einzelnen Buchstaben prüfte, winkte Netti zu, und auch Olga blickte ihr entgegen, entband ihre kleinen glanzlosen Äuglein von der Pflicht, zum wer weiß wievielten Mal das Gehirn ihrer Besitzerin mit Stoff aus den *Buddenbrocks* zu versorgen. Netti versetzte das Genrebild einen Stich, und *Ihr Lieben, ach, ihr Lieben* löste das Dankgesumm ab, *Laß alles beim alten* empfand sie mehr, als daß sie es wirklich dachte. So brüchig und beschwerlich der Status quo auch war, er sollte bleiben, und Netti wußte wieder nicht genau, warum sie nichts dringlicher wünschte als das.

Aus Dankbarkeit gibs einen *Baum.* Tillia klang scheinheilig sanft. Sie liebte Grotesken, oft karikierte sie mit ihrem schwarzen Humor ihre und Olgas Altersmiseren. Aber Netti wußte, daß Tillia sich tief im Innern Vorwürfe machte, weil die beiden Alten die Jüngere strapazierten, ihr Privatleben auffraßen. Das mußte Netti ihr immer wieder ausreden. Wobei sie nicht ein bißchen log. Sie fühlte sich nicht samariterhaft, empfand kein Zeitopfer als Opfer, sie liebte ihre Schwestern, ganz einfach. Wutanfälle bekam sie allerdings oft. Ausgelöst von der Heimtücke all der scheußlichen Altersprobleme. Unterm Eindruck von Tillias seekranker halbblinder Mühsal, Olgas Bauchwehnächten im Zusammenhang mit ihrem Verdauungsfiasko fluchte sie sich durch irgendeine Alltagsbanalität, nicht lang, nur wenn was schiefging mit der Wäsche oder in der Küche, sie schnauzte den Kochtopf an, unter dem sie die Herdplatte zu lang auf römisch drei hatte stehen lassen, und das Motiv war immer Mitleid. Oder so wie eben, wenn auch auf andere Weise, Tillias ironische Bemerkung von der Dankbarkeit.

Und Tillia machte auch noch weiter damit, wirklich gräßlich: Olga, Netti dankt dem Himmel für unsere Rettung. Folglich gibts Weihnachten.

Meine Dankbarkeit hat mit dem Himmel nichts zu tun. Netti stand zwischen ihren Schwestern, Olga in ihrem Stammsessel, Tillia auf einem Stuhl am Eßtisch vor der ausgebreiteten Zeitung, und schnappte sich einen Keks, biß hinein, den Rest teilte sie in zwei Bröckchen und warf sie für Killer und Biesty planlos hinter sich ins Zimmer. Sollte denn der Himmel euch zwei vielleicht vorher krank gemacht haben? Das wäre doch sehr unfreundlich. Das wäre kein netter Gott, der euch den Magen verdirbt und Eiterpickel im Mund blühen läßt, oder?

Vielleicht gibts den Teufel doch, sagte Tillia. Olga, was meinst du dazu? Wer macht uns krank, wer macht uns wieder gesund?

Olga lächelte freundlich unbestimmt und hatte nichts gehört, nur Stimmen.

Bakterien und so was machen euch krank, und eure Ärzte machen euch wieder gesund. Netti kaute den zweiten Keks zur Hälfte, teilte den Rest und warf ihn wie vorher in die Gegend, in der sie Killer und Biesty vermutete.

Und warum hast du plötzlich doch den Baum bestellt? Ich hab nicht *Bäumchen* gesagt, Netti, erkenn das an! Tillia beugte sich wieder bucklig-unbequem mit der Leuchtlupe über die Zeitung.

Na ja, weils keinen Hippokrates zum Aufstellen gibt. Netti gab sich Mühe und klang kalt.

Aber das Dank-Dank-Gesumm im Kopf lebte auf, als sie in der Küche einen Teepunsch zubereitete. Netti war ziemlich sicher, daß sie Gott dankte und daß daran irgendwas verkehrt war. Ihm fürs pure Überleben mitsamt dem irdischen Weitermachen zu danken: wie absurd. Dafür daß wir keine Angst vor dem Sterben haben sollten, müßten wir

Ihm danken. Doch selbst der Gläubigste wagt es nicht, sich auf seinen Tod zu freuen. Netti dachte an ihre unerledigte Weihnachtspost und an die vielen Unicef-Faltkarten, die schon angekommen waren. *Alles, alles Gute* und *Bleiben Sie gesund* und *Gesegnete* oder bloß *Frohe* Weihnachten *Und vor allem Gesundheit*: Darin erschöpfte sich der Glücksvorrat der menschlichen Lebewesen, darin gipfelte ihr Wünschen. Keiner bedenkt, wie vorläufig unser Existieren ist. Jeder drückt sich vor seiner und des andern Vergänglichkeit.

Am Vormittag des nächsten Tags bei ihren Einkäufen, zu denen sie Killer und Biesty nicht mitnehmen konnte, überraschte Netti sich wieder im Diskutieren mit den Ärzten: Was Sie in Ihren schönen Berufen machen und erreichen, ist wunderbar, wirklich, aber provisorisch. Wir Menschen selbst sind Provisorien. Ihr nächster Phantomgesprächspartner war ein Theologe: Paßt nicht eigentlich meine Dankbarkeit, weils Olga und Tillia besser geht, extrem schlecht zu Weihnachten? Überhaupt, zur Religion oder zum Glauben … was weiß ich … Netti blieb vor dem schmalen hohen Schaufenster des Secondhandshops stehen, das tat sie immer, obwohl die selten etwas für ihr Alter Geeignetes hatten. So wie heute. Warum bannte trotzdem ein orangefarbenes Oberteil mit eingestrickter Inschrift aus schwarzem Wollfaden Nettis Blick? *You never know,* las Netti seltsam beglückt, und daß das Ding für nur sechsfünfzig zu haben war. Die junge Frau im Laden interessierte sich nicht, als Netti erklärte: Keine Angst, ich kaufs natürlich nicht für mich. Orange mochte Netti nicht, und sie könnte das Oberteil nur zum Ulk und in den eigenen vier Wänden anziehen, aber genau das müßte geschehen. Auf dem Heimweg predigte sie der Theologenchimäre: Gott wollte, daß dieses

63

Baby Jesus Christus nur zu dem Zweck sprechen lernen sollte, um uns Schönstes über den Tod zu erzählen. Wir Angsthasen aber trauen ihm bis zu unseren letzten Augenblicken nicht ganz über den Weg, schlucken Antibiotika, rufen Ärzte. Immerhin gibts das You-never-know-Schlupfloch.

Netti briet kleine Pfannkuchen aus den Resten der letzten Tage, an denen ihre Schwestern schlecht gegessen hatten, Tillia wegen der Übelkeit, und Olga tat der Mund immer noch weh, und sie hatte ihre Zähne nicht an. Es gab sowieso meistens ein über den andern Tag Pfannkuchen, am zweiten Tag immer aus den Überbleibseln des Vortags, Netti fand das praktisch, und als Pfannkuchen schmeckten auch die ausgefallensten Kombinationen, nur in Pfannkuchen paßten plötzlich Nudeln mit Kartoffeln und zerschnipseltem Chinakohl zusammen. Alle drei aßen sowieso das, was als erstes auf den Tisch kam, mit dem Ziel Dessert vor Augen. Vor dem Einschlafen bestellte sie die Nachbarn Kretzmer in ihre Geistersprechstunde. Die beiden sangen im Kirchenchor mit, Netti hielt sie für fromm. Bemitleiden Sie Ihren jungen Sohn nicht! Wie können Sie alle diese Lieder singen und trotzdem nicht dran glauben, daß es Ihrem Sohn schlagartig mit seinem Tod besser geht als in seinen glücklichsten Momenten hier auf der Erde? Aber was war mit dem Jüngsten Tag? Und einer schrecklich ungewiß langen, total toten Wartezeit bis zu diesem Datum? Und was passierte da jetzt Fürchterliches hinter ihren Rippen? Netti setzte sich ruckartig und sehr erschrocken im Bett auf, und ihr Herz gab Ruhe. Sie legte sich vorsichtig wieder hin – und ausgerechnet, als sie getröstet daran dachte, was ihr ein Priester (wann denn eigentlich… lang her… bei irgendeiner Autofahrt) einmal gesagt hatte: Jeder hat sein persönliches Jüngstes Gericht, ausgerechnet bei dieser tröstlichen Erinnerung rüttelte das Herz von neuem, rackerte sich ab. Netti mußte sich wieder aufsetzen. Hatte sie zuviel von den Geleefrüchten gegessen? Oder war das behandlungsbedürftig? In ihr drin funktionierte etwas nicht, wie ein verkehrt eingestellter Motor, und Netti fürchtete zu sterben, was sie, wie verwerflich, in diesem Augenblick als das Schlimmste empfand, das ihr zustoßen konnte, schlimmer als das Schlimmste bei Olga oder Tillia. Eine wahre Schmach. Gibs auf, Netti, gibs auf, streng dich nicht weiter an mit dem Versuch zu glauben, es scheint dir nicht zu liegen.

Am nächsten Morgen wachte sie gut ausgeschlafen und kerngesund auf und zog *You never know* an, und *Daisy, Daisy* ging ihr im Kopf herum, und sie dachte: Jetzt wäre ich bereit zu sterben, in aller Seelenruhe, und Olga nuschelte zahnlos *Dasch schdeht dir nischt* (sie meinte das Oberteil), aber Tillias kranke Augen konnten die Wollschrift gut lesen, und sie zwinkerte Netti zu und sagte: Spiels auf dem Klavier, fing selbst an zu singen: »...I'm half crazy all of the love for you...«

Netti wäre beinah über Killer gestolpert, statt seiner quiekte Biesty, so eilig hatte sie es auf dem Weg zum Klavier. Sie hieb aber nicht *Daisy* in die Tasten, sie spielte mit Andacht wie für Schubert das leidige, durch die Weihnachtsstadt zirkulierende »Kling Glöcklein klingelingeling«, aber nicht in der vorgeschriebenen Dur-Tonart, in Moll gesetzt klang die Melodie gar nicht albern. Sie klang schmerzlich schön, erzählte Mysteriöses. »Youuhuh never know«, sang Netti zu ihrer Klavierbegleitung.

## Der Mutige verachtet die Zukunft

Großmas Pfeifkonzert ertönte jetzt von der Treppe her, und gleich erschiene sie bei uns in der Küche. Also wappnete ich mich für ihren Auftritt. Das hieße mal wieder den Moderator spielen. Die zwei Frauen gehen nicht erst seit dem schwelenden Plan, den meine zweite Mutter gegen den Willen der Großma verfolgt, auf Konfrontationskurs. Gestern abend nach meiner Ankunft war mir an meiner Großma nichts Besonderes aufgefallen, ich hatte sie wie immer gefunden, in ihrer wirren Aufmachung herumwirtschaftend und kommentierend. Beim Blick auf die für mich vorbereiteten belegten Brote schimpfte sie (und ich teilte ihre Meinung): Was ist das bloß hier für ein fürchterlicher Kalte-Kost-Haushalt! Und sie bruzzelte ein paar sonderbare Pfannkuchen aus Resten, ich erkannte gelbe Maiskörner und Reis und Hühnerfleisch drin, und für Bier sorgte sie auch, die Teekanne wurde weggeschafft und zwar mit der gebrummelten Begleitmusik von Verfluchungen, und ich fand sie großartig und, im Hinblick auf meine zweite Mutter, riskant leichtsinnig. Vor dem Thema und meinem Be-

67

suchsanlaß mitten im September haben wir alle drei uns gestern abend gedrückt. (Dafür hat meine zweite Mutter wirklich ein bißchen Respekt verdient.) Die Sache sollte ja auch
erst nach Weihnachten akut werden. Nur einmal sagte
meine Großma: Dieses Haus in der Mozartstraße hat überhaupt noch nicht gestanden, als ich ein Kind war. Es war
noch nicht erbaut. Als ich ein junges Mädchen war auch
noch nicht. Dort war ein Spielplatz, aber auch der wurde
nicht benutzt. Wovon sie da wie für sich redete, sie läßt ja
immer plötzlich und zusammenhanglos raus, was ihr gerade durch den Kopf geht, von keinem beachtet, das begriff
ich erst, als sie sich selber fragte: Obs damals überhaupt
schon solche scheußlichen Einrichtungen gab? Ich kann
mich nicht erinnern, in meiner Jugend irgendwas von Al-
tersheimen gehört zu haben.

»It won't be a stylish marriage / I can't afford a car-
riage...«: Meine Großma hatte auf Gesang umgeschaltet,
und alles deutete darauf hin, daß sie sich draußen zu schaffen machte, vielleicht wischte sie das Treppengeländer ab,
denn sonst wäre sie längst in der Küche. Das gab mir Zeit.
Ich wollte das unbedingt loswerden, diese Kleinigkeit, die
meine zweite Mutter wenigstens beherzigen könnte. Nicht
nur weil meine Großma selber das Wort verabscheut, nein
ganz von mir aus ärgert mich die Nachlässigkeit meiner
Mutter. Ist das bei ihr ein Leck im Gedächtnis? Meine
Großma wird jedesmal wütend, wenn meine zweite Mutter
sie so nennt, und die kriegt es mit, aber sie vergißt es so
gleichmäßig wie eine Uhr die Stunde, die sie eben gerade
noch geschlagen hat und sich ohne Schrecksekunde weiter
durch die ablaufende Zeit tickt. Es ist, als wären die für dieses Wort zuständigen Gehirnzellen abgestorben. Daß sie es

absichtlich macht, will ich ihr nicht unterstellen. Sie ist auf ihre Art vielleicht so was wie ein guter Mensch, aber irgendwie unverbindlich, leitartikelhaft, sie geht als lebendige Reader's Digest-Wort-zum-Sonntag-Kolumne ganz freundlich über Leichen und wirkt dabei etwas geistesabwesend, lächelt ihr Kinder- und Tierschutzvereins- und Gemeindesaal-Lächeln. Und für boshafte Absichten würde es ihr sowieso an Phantasie fehlen.

Jetzt gerade wieder hat sie es gesagt. Draußen tönte Großma in ihrer geliebten traurigen moll-Tonart, und ich wußte, sie genießt es: »Ach Elslein, liebes Elselein / Warum bist du nicht hier...«, was für mich ein Überfall von Kindheitserinnerung war, mir wurde ganz kribblig mitten im Horror, denn meine zweite Mutter berichtete, daß sie vorhat, mit der Großma die passende Ausstattung zu kaufen *(So wie sie hier rumläuft, geht das dort nicht)* und dergleichen mehr, dem die Großma Widerstand entgegensetzen würde. Wie so oft schon dachte ich: Als Pfarrerin müßte sie doch besser aufpassen, sich in andere einfühlen und so weiter, aber ich wußte nicht, wie ich das erklären sollte und sagte bloß: Du hast eben schon wieder von ihr als der Oma gesprochen. Tus doch nicht mehr und schon gar nicht, wenn sie es hört. Sie haßt es.

Nimm diese Dinge nicht so tragisch, mein Junge, sagte meine zweite Mutter. Geduldig hob und senkte sie einen Löffel mit dem zähen dicken vanillegelben Kanada-Honig in Milch, das dauert, bis der sich ablöst, eine Menge davon klebte noch in der Löffelmulde.

Für sie ists tragisch.

Ach was. Sie spielt Spielchen. Sie lenkt bloß ab. Sie weiß genau, daß sie wirkliche Probleme hat, und ich hab sie mit ihr, und dir sind sie auch bekannt. Aber wir lösen diese Probleme, es wird nicht leicht werden, aber es wird bis zum Jahresende zu schaffen und jedenfalls zu ihrem Besten sein. Meine zweite Mutter spricht immer mit der gleichen, einförmig-sanften Stimme. Sie tuts auch, wenn sie sich ärgert. Also hör zu: Oma oder nicht, Oma ist ein Klacks dagegen, daß wir zum Beispiel bis zum Monatsende diesen Tausender an die Behindertenwerkstätten zahlen sollen, und das ist noch glimpflich, im Wiederholungsfall siehts düster aus. Der Staatsanwalt hat sie vor einem nächsten Mal gewarnt.

Aber sie sagt, sie hat bezahlt.

Sie hat im ganzen riesengroßen M & C einen Alarm ausgelöst, und das ist alles, was wir wissen.

Eins zu Null für sie. Die Großma kann ihre Unschuld bloß beteuern, beweisen nicht. Mir fiel ein, daß schon längst stubenreine Kinder wieder damit anfangen, ins Bett zu machen, und dann kommt es immer von irgendeiner Seelenpein.

Fragt doch mal einen Arzt, vielleicht fehlt ihr psychisch was, wegen dem Heim, oder neurologisch, schlug ich vor. Mir war schlecht vom Gedanken an all die Würdelosigkeit, ich sah meine Großma wie mitten in Sperrmüllgerümpel und schmutzige Wäsche gestopft.

Haben wir doch. Ich war mit ihr bei Doktor Beyer, und er hat sämtliche denkbaren Tests mit ihr gemacht. Sie ist vollkommen in Ordnung. Sie hat einen vollkommen klaren Kopf. Wenn sie nur will, könnte sie ihn benutzen.

Dann ists eben doch das Heim. Und daß sie in keins will, das ist doch affenklar. Ich hoffte, ich hätte einen bitteren und warnenden Ton hingekriegt. Aber die Nachricht von Großmas vollkommen klarem Kopf erfrischte mich, und

ich mußte sogar grinsen und dachte. Klau du nur die Kauf-
hausregale leer, Großma! Gibs ihnen! Bloß, laß dich nicht
erwischen!

Aber na schön, um gerecht zu sein, großzügig ist meine
zweite Mutter auch und die Großma bestimmt oft gewaltig
anstrengend, sie kann ziemlich schlimme Sachen sagen,
und meine zweite Mutter muß beispielsweise immer wieder
überhören (das macht sie mit Duldergesicht), wenn die
Großma vor sich hin meutert: Ich finds sehr absonderlich,
daß mein armer Steffen nach kaum anderthalb Jahren Ehe
mit einem weiblichen Pfarrer den Unfall hatte und dran
starb. Ich glaub nicht an Hypnose, aber in dem Fall beinah
doch. Sie wollte ihn beerdigen.

Daß meine zweite Mutter weder einschnappt noch drauf-
losschimpft, sondern sich mit kleinen kehligen Geräuschen, halb Seufzer, halb Lachgluckser, aus jeder Aus-
einandersetzung raushält, rechne ich ihr hoch an, eine
schwierige Schwiegermutter ist meine listige Großma
garantiert, und auch sonst kann sie sich so rüpelhaft wie der
erstklassigste Ganove benehmen. An diese Geschichte von
der Hypnose und daß ihre Schwiegertochter aufs Beerdigen meines Vaters versessen war, glaubt sie bestimmt nicht.
Sie sucht einfach Streit, kriegt ihn nicht, denkt sich was anderes aus, um sich in die Nesseln zu setzen. Besonders seit
ihr der Plan, lang gewittert, sie in ein Altersheim umzusie-
deln, in allen Einzelheiten unterbreitet wurde, geschönt,
wie sie argwöhnt, ich tus auch. Damals ahnte ich noch
nicht, wie sich an Weihnachten die Lage ändern würde. Von
Diplomatie versteht sie leider nicht das Mindeste, denn es
wäre schlauer, sich beliebt zu machen, sie sollte probieren,
ob sie sich ein bißchen ins Familienleben fügen kann. Sie

ist bewundernswert einfallsreich, wenns um die Variationen der Gründe geht, die gegen ihre Umquartierung sprechen. Ihrer zweiten Schwiegertochter aber fällt immer nur dasselbe fade Material ein, kein einziges Lockmittel darunter. Sie zählt alles auf, wonach die Großma sich überhaupt nicht sehnt: Du wirst es dort wunderbar ruhig haben. (Meine Großma macht selber viel Lärm, nehmen wir nur ihre Leidenschaft fürs Pfeifen, auch ihre Gesänge liebt sie, und laut muß es sein: »In the shade of the old appletree / Where the love in your eyes I could see …« Und mich macht sie gern mit dem Elselein-Lied wehmütig, sie hat es sich selbst zusammengeschustert und für mich, weil ich als Kind so gern melancholisch war, immer neue Strophen dazu gedichtet.) Und du wirst gepflegte Mahlzeiten haben, alles immer zur rechten Zeit. Schluß mit dem Durcheinander, und es wird vor allem die richtige Ernährung sein, und deine verkorkste Darmflora kommt in Ordnung. Großma liebt Chili und sowieso Scharfes, und das wird sie im Altersheim bestimmt nicht kriegen, und Süßes naschen zwischendurch kann sie auch nicht lassen und wirds lassen müssen dort, wohin sie nicht will, und mit Recht fürchtet sie, ihre kühnen absonderlichen Cocktailerfindungen und das Rauchen (von der Zigarette übers Zigarillo bis zur Pfeife) würden radikal gestrichen. Und dann: pünktlich ins Bett. Du kriegst endlich deinen Schlaf vor Mitternacht. (Sie ist eine Nachteule. Sie lästert über »diese Lerche« und meint ihre zweite Schwiegertochter.) Überhaupt, Mutter, endlich wirst du deinen geregelten Tagesablauf haben. Den richtigen Biorhythmus.

Zwar kann ich meiner zweiten Mutter auch bei der Schilderung der Vorzüge einer Altersheimverfrachtung, die sich für meine Großma wie die Abschreckung pur anhören, wie

ihr persönlicher Super-GAU und Crash ihrer eingefleisch-
ten chaotischen Lebensgewohnheiten, wieder keine Bos-
haftigkeit unterstellen, schon einfach aus Phantasielosig-
keit nicht, aber es wirft mich auf die Frage zurück, wie man,
und das auch noch als Pfarrer (erster Job: von Gott reden,
zweiter Job: Seelsorge) dermaßen begriffsstutzig gegenüber einem Menschen sein kann, mit dem man seit Jahren
auf engem Raum zusammenlebt. Falls sie früher mal in
einem Internet zwischen Himmel und Erde surfen konnte,
empfangen und senden, vermitteln zwischen unten und
oben, dann muß irgendwann in der letzten Zeit ihr Computer abgestürzt sein. Doch glaube ich eigentlich nicht an
irgendwelche Fernverbindungen bei ihr, vermutlich hatte
sie nie einen Draht zu Gott. Sie schwärmt mir ein bißchen
zu viel von Mitmenschlichkeit und daß sich in der göttliches
Wirken offenbaren würde, bei ihr ist alles ganz handfest
und irdisch, obwohl sie nicht mal die am leichtesten durch-
schaubaren irdischen Bedürfnisse meiner Großma mitkriegt. In den paar Predigten, die ich von ihr gehört habe
(als mein Vater noch lebte und um ihn nicht zu kränken
neben ihm in der zweiten Kirchenbank), hat sie sich hauptsächlich, die vorschriftsmäßigen liturgischen Handlungen
und Gebete ausgenommen, irgendwelche häßlichen Tages-
ereignisse vorgeknöpft und dann durch ein freundliches
schwabbliges Es-geht-auch-anders-Schönfärben mit ihrer
blockflötenartigen Stimme harmonisiert. Ende gut, alles
gut. Herr hilf uns, damit wir unsere Herzen öffnen, auf daß
wir nicht mit Augen und Ohren, sondern mit unseren Herzen sehen und hören. Außer in solchen Anrufungen
kommt Gott im selbständigen Teil ihrer Gottesdienste nicht
vor. Gottes Sohn, der ja. Immer als vorbildlicher Mensch

und wie er vor fast 2000 Jahren seine Arbeit getan hat. Sie braucht die Gleichnisse, in denen Er gegen die Plagen der Menschen das richtige Rezept kennt. Ihr Lieblingswort: Das Miteinander. Ha! Es erweist sich als Phrase, denn sie versteht Null komma Null hoch Null vom Miteinanderleben, sogar in einer so winzigen Familie wie unserer. Jetzt gibts hier ja nur noch meine kleine Schwester Edna, mit der sich gut auskommen läßt, weil sie sowieso die meiste Zeit bei ihren Freundinnen unterschlupft, und meine Großma; meine ältere Schwester ist nach ihrer Heirat ausgezogen – Shanghai, weiter weg gehts kaum, wo sie und ihr Peter den Boden für eine Zeitschrift bereiten sollen. Und ich lebe auch nicht mehr hier, seit ich im zweiten Semester Jura studiere (vorerst mal, sieht nicht so aus, als bliebe ich dabei). Und wenn ich leider ziemlich oft denke: Zum Glück gibts in dem Kaff bei mir zu Haus keine Uni, so daß ich ja wegmußte, zwickts mich jedesmal in der Herzgegend, kann auch der Magen sein, wegen Großma, die mir verlassen vorkommt, von mir im Stich gelassen.

Meinen Vater habe ich mal damit empört, daß ich nach einem der säuseligen Gottesdienste seiner zweiten Frau fragte: Meinst du, sie hat wirklich Theologie studiert? Richtig studiert? Oder wars mehr ein Lehrgang, einer von diesen Kursen? Wie gesagt, er war empört, bestimmt auch gekränkt, und außerdem in sie verliebt (bis heute kann ich mir das nicht gut vorstellen, sie passen einfach nicht zusammen), und natürlich mußte er zu ihr halten. Solche Kurse, auf die hin man Pfarrer werden könnte, gäbe es überhaupt nicht, und so weiter. Ich glaube, sie gefiel ihm einfach im Talar. Ich gebs zu, er steht ihr, sie sieht zart und angenehm drin aus. Als wäre da doch was mit Bindeglied und Über-den-Tod-hinaus-Spürnase bei ihr – täuscht aber leider. Den Verteidiger spielen mußte mein Vater auch, wenn seine Mutter unbekümmert um Takt und spleenig, aber verdammt fit und jung im Kopf, etwas gegen die neue Schwiegertochter vorbrachte, mein Vater kriegte nie diese seltsame Taubblindheit seiner zweiten Angetrauten mit und ihre Immunität gegen den mal scharfen, mal guten und auch schon mal bösen Witz der Großma. Beispiel Talar: Beruhige dich mein Sohn, hat sie zu ihm gesagt, sie ist wie geschaffen für dieses Kleidungsstück, das schon. Aber ich finds nun mal verheerend, daß sie sich drunter nicht ordentlich anzieht. Im Sommer schimpfte die Großma über die shorts oder gar den Bikini, den meine zweite Mutter unterm Talar anhatte, in anderen Jahreszeiten über Jeans. Und meinem Vater waberten Schatten übers Gesicht, während er sich ereiferte, aber er zweifelte an seinen Plädoyers. Ist auch schon komisch: Im Allgemeinen zieht meine zweite Mutter sich ordentlich an, eigentlich ziemlich konventionell. Sie ist überhaupt nicht mollig, aber für Jeans hat sie eine zu weibliche Figur, und sie trägt sie fast nur bei der Arbeit mit Jugendgruppen – was ist also sonntags mit ihr los?

In den letzten Monaten konzentriert sich meine zweite Mutter auf Straftäter, beziehungsweise aufs Erbarmen mit ihnen. Als sie neulich ein kleines Sexualmordopfer beerdigen mußte, ein sechsjähriges Mädchen, zu dessen Gedenken, wie ich es aus ihrem monatlichen Brief erfuhr, die Leute Kerzen in die Fenster gestellt hatten (war ihre Idee), soll sie, wie ich es wiederum von der Großma hörte, um Toleranz und Verständnis auch für den Triebtäter geworben haben. Wir müßten jedem eine Chance geben, schimpfte meine Großma, auch diesem kranken Dreckskerl, na schön, einverstanden, ich bin dabei, machen wir, ich sehs ja ein, so jemand ist krank, und Gott verzeiht ihm vielleicht noch lieber als ihr, weil er was für die Sünder übrig hat und kaum was für diese Tugendwächterinnen, wie sie eine ist mit all ihrem Verständnis, aber das setzt bei mir aus, ich meine ihr Verständnis, es setzt aus, wenns um mich geht. Wenn ich mich angeblich irgendwo nicht korrekt benehme. Mir gibt sie keine Chance. Ich brauchs nur zu hören, *Oma, ich will dein Bestes,* da wirds mir auch schon speiübel.

Die Honigmilch war fertig, als draußen meine Großma sich in der letzten Strophe vom Elselein-Lied zum selbstgedichteten und nun auch selbst dazu komponierten Schluß steigerte, sie sang in einem gewagten Wechsel von der moll-Tonart in ein schmerzlich-süßes Dur à la Schubert: »...der Himmel, der Himmel ist zwischen dir und mir.«

Paß auf, wenn sie jetzt gleich reinkommt, wird sie wieder ablenken, tuschelte meine zweite Mutter, die damit rechnete, daß ich endlich damit anfinge, meinen Besuchszweck zu erfüllen und der Großma beizubringen, wie viel besser als hier im Pfarrhaus sie in diesem Altersheim untergebracht wäre, das noch nicht erbaut war, als meine Großma aufwuchs, überhaupt nicht stand so lang sie zurückdenken kann: für die Großma anscheinend ein triftiger Grund, es abzulehnen.

Und als sie kaugummikauend und mit ihrer mißglückten neuen Dauerwelle in die Küche stapfte (Stapfen stimmt, sie bevorzugt klobige Joggingschuhe, die ihr zu groß sind und angeschmutzt), lehnte ich am Kühlschrank, und genau dahin strebte sie, um sich ihre Backpflaumen aus dem Eierfach zu holen. Ich machte ihr Platz, wir grinsten uns zu, und ich hoffte, meine zweite Mutter würde sich wenigstens vom Herd weg zu ihr umdrehen, aber sie sagte zum Topf mit dem köchelnden Hafer: Guten Morgen, Oma, endlich ausgeschlafen.

Auf alles gefaßt, wegen *Oma* und weil wir sie lang genug schon singen und vorher pfeifen gehört hatten, wartete ich mit verklumptem Magen auf die Abfuhr, die meine Großma nun für fällig hielte, aber sie sagte bloß unerwartet friedfertig: Ich bin seit Stunden wach, lang bevor sich in diesem Haus irgendwas rührte. Womit alles wie immer war, wenn es einigermaßen gut geht, und ich betrachtete verwundert die Lücke oben im Apfel, den ich in der rechten Hand hielt, und die Spuren, die meine Zähne hinterlassen hatten, denn ich konnte mich überhaupt nicht daran erinnern, irgendwann ein erstes Mal in den Apfel gebissen zu haben, aber anscheinend hatte ich. Gleichzeitig summte in meinem Kopf das Hin und Her an Für und Wider der Heimverpflanzung der Großma, ich kenns seit meinen letzten Semesterferien auswendig, begonnen hat es schon früher: So wie jetzt gehts mit ihr nicht weiter. Nicht mit ihr bei uns. Die gute Frau Stöckl ist allmählich auch mit ihr überfordert. Frau Stöckl ist so was Ähnliches wie eine Haushälterin, aber nicht jeden Tag da. In diesem Moment verschwammen in meinem Bewußtsein die Zeitschichten, weil jeder Anblick in der Küche und die Spannung zwischen den beiden Frauen, der Geruch von Essen, der hier herumhing, mich an Stillstand und So-war-es-immer erinnerte. Ich hätte überhaupt nicht seit fast einem halben Jahr weggeblieben sein müssen, es hätte genau so gut ein Vormittag meines letzten Besuchs sein können. Ich erwartete das Altersheim-Thema, so nervös darauf fixiert, daß ich meine Großma schon hören konnte: Als ich anfing, mit offenen Augen rumzulaufen, war von diesem schrecklichen Haus noch weit und breit nichts zu sehen. Oder – was für eine Rolle spielt bloß der Altersunterschied zwischen ihr und einem leblosen Gebäude? – sie nähme sich ein umfangreicheres und auch eingängigeres Kapitel aus dem dicken Buch ihrer Einwände vor: Als unsere arme alte Mutter in ihren letzten anderthalb Jahren immer mehr zum Baby wurde und sich schließlich nur noch wie ein schweres Gepäckstück von meiner Schwester im Bett herumwälzen und dann kaum noch auf den Klostuhl schaffen ließ, schwer war sie nur, weil sie mit keiner eigenen Bewegung nachhelfen konnte, da haben meine Schwester und ich sie nicht weggegeben, wir haben sie gefüttert und meine Schwester besonders hat nie die Geduld verloren und immer »Komm, Bibbchen, komm« gesagt, da wußte sie, daß sie den Mund für den nächsten Löffel mit geriebenem Apfel und Mohrrübchen vermengtem Kartoffelbrei aufmachen sollte, ob sie sich an die Hühner, die wir früher hatten, und an die Küken erinnerte, niemand weiß das, sie war sogar zum Lächeln zu schwach, »Bibbchen, komm« war immer unser Ruf an die Hühner und Küken, und meine Schwester mit der größeren Geduld machte Sprechübungen mit ihr, aber es half nicht viel, nur, auch das weiß niemand, unserer Mutter konnte man nichts mehr anmerken, aber wir glaubten, daß sie von Liebe umsorgt wird, das hat sie gemerkt, und uns zwei erkannt hat sie auch bis zuletzt. Und wir mußten sie nicht nur windeln, und es gab damals nicht diese schicken Pampers für Alte, wir mußten auch anschauen, was drin war, das sagte uns der Arzt, und meine Schwester hats gemacht, irgendwie konnte ich nie ganz so weit gehen wie sie, und sie machte die drolligsten Bemerkungen drüber wie: Heute morgen hat sie aber richtig interessante Konturen hingekriegt, ihr versteht, was ich meine. (Meine zweite Mutter hätte sie längst x-mal unterbrochen und *Oma, du bist nicht wirklich alt* gesagt und daß der Vergleich hinken würde.) Nur zu mir sagte meine Großma: Ich würde nie die Schwelle zur Selbstachtung überschreiten wollen. Ich bin froh, daß bei mir niemand da sein wird, um mich auf diese Weise eines Tages zu päppeln. Aber für meine Schwester und mich kam nichts anderes in Frage, und außerdem wars aus Liebe. Obwohl wir beide drunter litten, auch meine entschieden tüchtigere Schwester. Und wir jammerten uns was vor: Es ist verkehrt, daß unsere Mutter ein Baby sein muß. Wir zwei wollen die Babies sein und zwar: ihre. Nur so herum ists richtig. Aber wir haben alles bis zuletzt für sie gemacht, natürlich half die Gemeindeschwester, nur hatte die nicht genug Zeit für die ganze Pflege.

Doch zum Glück schien an diesem Vormittag die Großma mit ihren Gedanken anderswo zu sein. Sie pappte ihren Kaugummi mitten auf den Button an ihrer Jacke und verdeckte mit dem beigen Klumpen die blaue Aufschrift »Draught beer not students« und schob sich ihre Backpflaumen in den Mund.

Diesmal haben sie Didi Wellmann schon gleich am Flughafen geschnappt, erzählte die Großma, und ganz ähnlich wie beim letzten Mal war sein Grund, von zu Haus auszureißen, eine umgestoßene Schüssel Spaghetti.

Spaghetti-Sauce, verbesserte meine zweite Mutter.

Das letzte Mal hatte Didi es bis Malaysia geschafft. Das hat sich schon eher gelohnt. Und weißt du, warum er damals von zu Haus weglief? Die Großma hatte sich zu mir umgedreht, in der Morgensonne sah ich, daß sie sich um die Augen herum die Haut dunkel beschmierte, und die kleinen Faltensysteme an den Schläfen. Das letzte Mal wars verschüttete Milch, die sie zur Grütze hatten, das heißt, dann hatten sie keine Milch mehr, weil Didi der Gießer aus der Hand gerutscht war oder so was. Bei den Wellmanns scheint alles Entscheidende am Eßtisch zu passieren.

Als meine Großma mit dem Rücken zum Fenster stand, hinter sich das sonnige Tageslicht, sah sie mit der frischgemachten Dauerwellenfrisur zerlöchert aus, von vorne beschienen wirken die Haare dicht, aber so sahen sie angefressen aus. Trotzdem stimmte, was ich, seit davon die Rede war, immer wieder fühlte und auch meiner zweiten Mutter zu bedenken gab: Sie würde noch gar nicht in ein Altersheim passen. Abgesehen davon, daß sie noch zu jung ist und überhaupt nicht hinfällig. Und ich erzähle von den unternehmungslustigen Großmüttern meiner Komilitonen mit ihren Weltreisen und Immatrikulationen für Seniorenstudiengänge und was nicht noch für Aktivitäten und Vergnügen samt Streß in Verjüngungs- und Schönheitsfarmen. Hilft alles nichts, denn ich bekomme zu hören, daß meine Großma anders ist und zwar von Grund auf anders als die Summe ihrer Altersgenossinnen, und das stimmt. Sie will nicht reisen, sie will nichts lernen, sie will sich nicht anstrengen, besser auszusehen (sich selber gefallen, das will sie ja wohl, warum sonst die Dauerwelle?). Sie ist schrullig und bewegt sich nicht vom Fleck, hier in diesem Haus hat sie immer gewohnt, sie sagt: Richtig eingelebt fühlt man sich niemals, aber hier bin ichs noch am ehesten. Und ihre zweite Schwiegertochter ist und bleibt für sie die am falschen Platz, die Fremde, der Neuling. Ich bekomme zu hören: Mein Lieber, deine Oma ist vom Alter her gesehen wirklich ziemlich jung für ein Altersheim, und ich käme nicht auf die Idee, sie mir dort auch nur vorzustellen. Doch wie du weißt, sie verhält sich nicht so wie es sich gehört, sie macht diese krummen Geschichten, kanns anscheinend nicht lassen, und anstatt sich zusammenzunehmen, fängt sie an, es damit auf die Spitze zu treiben. Ich glaub nicht, daß die Freiheit gut für sie ist.

Aber nur die Freiheit und nichts als die Freiheit ist gut für sie, und durch ihre zweite Schwiegertochter fühlt meine Großma sich stranguliert, ich halte alle ihre krummen Dinger für Notwehr und SOS-Rufe. Weil die jedoch *schick die andere weg, lass mich hier bleiben* bedeuten, erreicht sie damit genau das Gegenteil von dem, was sich wünscht, können sie gar nicht erhört werden, oder: nicht richtig übersetzt werden.

Trotzdem, bei allem grundsätzlichen Verständnis für sie: Meine störrische Großmutter reizte mich. Immer war ich auf ihrer Seite gewesen, mit meinem Mitgefühl und Genuß ihres Humors, ihrer unberechenbaren Gedankensprünge, Mitgefühl und Genuß in der gleichzeitigen Empfindung für ihre Gegnerin, ihre zweite Schwiegertochter, demnach war alle Liebe zu meiner Großmutter ein Glanzstück. Kopf oder Zahl, ich warf die Münze, und noch jedesmal, und wenn die Großma hundertmal quer zur gefälligen Norm lag oder sogar wirklich mal im Unrecht war, siegte Kopf, beziehungsweise die Großma. Trotzdem, und zum ersten Mal überhaupt, und schon ziemlich zu Beginn dieses Aufenthalts, machte meine Großmutter mich nervös, etwas an ihrer sonst so erbittert belustigenden, schrägen und oft richtig verrückten Art sich zu benehmen und zu reden fing an mich zu stören, und dann hats mich geärgert. Ich hab mich nicht lang fragen müssen, worüber... ich meine: der Ärger. Etwas fehlt, und es ist das wichtigste, war die Antwort zusammen mit schon wieder der Frage: Wie kann das einer so stolzen Person wie ihr passieren? Warum merkt sie es nicht. Stolz ist sie immer gewesen, sie ist es gewiß heute auch noch, es ist ihr Lebensgefühl. Aber ihr Stolz geriet durch falsche Weichenstellung aufs verkehrte Gleis. Mit dem Stolz der Großma läuft, von ihr unbemerkt, seit längerem was schief (seit der Altersheim-Bedrohung), und er rotiert, steckt in der Sackgasse und hat die Orientierung verloren. Ich malte mir schon aus, daß ihre Weihnachtsdepression nicht von Pappe sein würde. Sie müßte es sein, die mit emporgerecktem Kopf und senkrecht aufgerichtet in deutlicher Artikulation ihrer zweiten Schwiegertochter gegenüberträte mit den Worten: Schluß der Debatte. Hier gefällts mir schon lang nicht mehr. Folglich gehe ich. Bei allem Dank für deine Fürsorglichkeit, ein Altersheim wirds nicht sein, wohin ich abzische. Ich werde... sein wird das... – und hier steckte meine wahrhaft stolzverströmende Idee selber in der Sackgasse. Zum Glück mußte ich einem dieser stupiden, auf der Stelle tretenden Dialoge zwischen den beiden gegnerischen Frauenparteien zuhören (das hätte ich auch lassen können, ich redete mir ein, ich müßte zuhören), um mir nicht auszumalen, auf was für Einfälle meine Großma käme, wenn ich sie dazu anstacheln würde, sich mit diesem *Ich gehe freiwillig* auf ihren einzig und allein korrekten Stolz zu besinnen. Zum Beispiel hatte ich ihr im letzten Brief geschrieben, daß es im Parterre bei meiner Zimmerwirtin das von allen Bewohnern so genannte Pech-

Zimmer gäbe. Kaum hat sich ein Untermieter gefunden, da macht er sich auch schon auf die eine oder andere Weise unbeliebt und kriegt zum nächsten Ersten gekündigt. Nach zu viel Kommen und Gehen steht jetzt seit Semesterbeginn das Pech-Zimmer leer. Als läge ein Fluch drauf, sagte die Zimmerwirtin, und sie hat es desinfizieren lassen und anders möbliert, weil sie abergläubisch ist, denn es ist ein Zimmer wie jedes andere. Kein Wunder, daß ich lieber den Gedanken an mein Domizil ins Zuhören versickern ließ, die zwei Frauen redeten so wie ich es auswendig kannte, und ich sank wieder in die Stimmung wie schon einmal, als ich mich über meine Bißspuren im Apfel wunderte und die Gegenwart in der Vergangenheit stattfand, aus verschiedenen Zeitüberlagerungen aufschien.

Meine zweite Mutter sagte: Du mußt besser lüften. Es wird zu feucht in deinem Zimmer, es wird wieder schimmeln, und wenn du nicht jeden Morgen mindestens zehn Minuten Stoßlüften machst, und bei den Büchern nicht Staub wischst, wirds mit dem Schimmel so schlimm wie letzten Winter.

Hab ich mich nicht heut morgen schon nützlich gemacht? bellte meine Großma in bester Verfassung. Es war noch totenstill im Haus, da bin ich bereits mit einem gewässerten Lappen rumgelaufen und hab die Fensterbänke abgewischt. Und ihr beide wißt (meine Großma wandte sich nun voll an mich, aber jedes Wort war für die zweite Frau ihres Sohnes gedacht, die Frau, die ihn zum Zweck seiner huldvollen Beerdigung geheiratet hatte), wie euch beiden allzu bekannt sein dürfte: Ich hasse das Putzen. Und Putzen ist und bleibt in diesem Haus ein Ewigkeitsthema, trotz Frau Stöckl, die man härter rannehmen könnte, ich meine, es ist unsinnig, sie bloß auf die Böden zu fixieren, sie wird noch eine dieser Krankheiten kriegen, bei denen der Kopf gar nicht mehr hochkommt, Bechterew, ists das? Manchen von diesen Patienten, die man den Oberkörper fast nur noch einen Meter vom Erdboden entfernt rumschlurfen sieht, sollte man wünschen, sie wären gleich Vierbeiner, dann ginge es sich bequemer.

Meine zweite Mutter lachte ihr leises, seicht verplätscherndes Lachen und sagte dann: So lang du dich weigerst, eine Brille aufzusetzen und überhaupt auf deine Arbeitsweise zu verzichten, na sagen wir mal deine Geschwindigkeit zu drosseln, so lang kann man deine Aktivitäten schwerlich als Putzen bezeichnen. Wonach schmeckt das eigentlich? (Wir saßen beim Essen.)

Nach Ingwer, will ich hoffen.

Deine Oma hat den Ingwer-Fimmel.

Wer mag das sein, seine Oma? Meine Großma blickte sich im Zimmer um, als suche sie eine weitere anwesende Person. Muß, trotz Oma, ich meine, daß sie sichs gefallen läßt, Oma genannt zu werden, muß eine interessante Köchin sein. Keine Allerweltsköchin.

Aber sollten denn nicht Möhrchen nach Möhrchen schmecken?

Möhrchen, Möhrchen! schmetterte meine Großma voll Verachtung. In unserer Gegend heißen die Dinger, und in meinen Augen gehören sie zum Langweiligsten, was es unter allen Gemüsesorten gibt, hier heißen sie immer noch Gelbe Rüben. Und du mußt dir bitte mal vorstellen (zu meiner Qual war wieder ich ihr Adressat), es gibt sie so gut wie jeden Tag. Tagaus tagein (sie fistelte, piepste) Möhrchen!

Ich grinste nur blödsinnig, und es ereignete sich das übliche: Auch meine zweite Mutter tilgte die Gegenpartei am Tisch und machte mich zum Gesprächspartner. Ich erfuhr keine Neuigkeit: Die Einkaufsliste habe ja immer ich gemacht, aber so lang ich deine O… deine Großmutter damit losschickte, hätte ich mir die Mühe genau so gut sparen können, weil sie sich überhaupt nicht dran hielt, was drauf stand, war ihr egal, und sie kaufte die verwegensten Sachen zusammen, am allerliebsten ausgefallene Delikatessen, und so was geht ins Geld, nebenbei. Was außerdem ganz gefehlt hat, war alles Gesunde, alle Vitamine, Mineralstoffe…

Es ging ins Geld, ja ist das nicht großartig! Diese angebliche Ladendiebin und Oma. Sie kaufte, immerhin das tat sie, kaufen! Sie hats nicht geklaut!

Mit dem somnambulen entrückten Lächeln einer Gehörlosen sagte meine zweite Mutter zu mir: Und seit das wirklich zu toll wurde, es eskalierte, Mahlzeiten konnte man überhaupt nicht mehr aus diesem Lebensmittelpotpourri zusammenstellen, seitdem übernimmt Frau Stöckl das Einkaufen.

Ich weiß, ich weiß, sagte ich.

Wir langweilen ihn, sagte meine Großma und kam mir mit dieser Bekundung plötzlich und wie zum ersten Mal wie eine Verbündete meiner zweiten Mutter vor, aber zwischendurch passiert so was immer einmal. Es ergeben sich kleine, zwar etwas deprimierende, und doch gute Momente, in denen die beiden zerknirscht, verwundert, wie überrumpelt auf ihr Zusammenleben blicken. Sie scheinen es für diese kleinen Momente von außen zu betrachten, überbelichtet erkennen sie eine Groteske, und, leider auch nicht länger als für die Dauer des Moments, teilen sie sich in den gleichen Trotz, in die Verteidigung, machen mich zum Eindringling, und ich genieße das kurze Glück, hier ein Fremder zu sein.

Ich war unzufrieden mit der Großma, schwachsinnigerweise brach sie die winzige Harmonie ab und erzählte mir von einer Frau Kettelmann, die sich mit dreiundachtzig von einem Oberschenkelhalsbruch nicht mehr erholt hatte und, in den Rollstuhl verbannt, ihrer Familie zur Last gefallen war. Schon vom Rollstuhl an, nein, bereits bei den dreiundachtzig Jahren dieser Frau Kettelmann befiel mich eine ungute Vorahnung. Und meine Großma legte los: Also tat man sie in diese Anstalt ...

Altersheim, korrigierte die sanfte Stimme meiner zweiten Mutter.

Ihre eigene Tochter wollte keins von ihren fünfundzwanzig Ehrenämtern aufgeben ...

Frau Kettelmanns Tochter tut eine Menge Nützliches hier in der Gemeinde, warf meine zweite Mutter ein. Ihr Mann hat den nun schon dritten Byepass und beansprucht deshalb auch viel Zeit ...

Ihr Mann sagt zu allen Leuten: Habt ihr je von einem Rentner gehört, der Zeit hat? Er sammelt vom Schmetterling bis zur Briefmarke alles, was ein Mensch sammeln kann, und belegt pro Trimester mindestens drei Volkshochschulkurse.

Ein Segen für ihn, daß er ein so vielseitig interessierter Mensch ist, fand meine zweite Mutter. Laß die Toten ruhen. Om ... na du weißt schon.

Ist er denn tot?

Du weißt, wen ich meine. Laß Frau Kettelmann in Frieden ruhn.

Sehr richtig, und das laß ich auch, ich lasse sie in Frieden

ruhn. Ja! Denn gestorben ist sie, nach kaum einem Viertel-
jahr Anstalt.

Altersheim, Oma.

Oma Oma, Altersheim, Al-ters-heim! Blablabla.

Sie schlugen sich in ihrer gewohnten Schlachtordnung.
Meine Großma lärmig, meine zweite Mutter säuselnd-
taubblind.

Hier gehts nicht um Worte. Schmeckt dir denn meine
Mousse? Ich hab sie fast ohne Klümpchen hingekriegt,
schmeckt sie dir, mein Junge?

Laß mich in Frieden ruhn, damit ichs dann beantworten
kann, sagte ich. Aber weil meine Großma enttäuscht aussah,
fügte ich hinzu: Ich wußte gar nicht, daß du so komplizierte
Sachen machen kannst.

Es ist teilweise ein Fertigprodukt, sagte die Großma.

Das ist es von A bis Z, es ist aus einer Dose, sagte meine
zweite Mutter.

Gut, es ist aus einer Dose, aber ich habs angereichert und
ein bißchen verlängert. Die Großma klang zwar prahlsüch-
tig, aber ich hörte einen wachsamen, neugierig-vorsichti-
gen Unterton mit, außerdem machte sie ihr verkindlichen-
des Bin-auf-alles-gefaßt-macht-was-ihr-wollt-Gesicht. Alles
Vorwarnungen, die meinen Argwohn weckten. Ihre Speise
war einerseits übermäßig gesüßt, etwas Salziges als Nachge-
schmack blieb trotzdem. Ich würde bestimmt nicht nach-
fragen, worin ihre Zusatzkunst bestand, und meine zweite
Mutter, die am Essen bloß nippt, hat, wenn man mich fragt,
überhaupt keine Geschmacksnerven. Die funktionieren
erst bei ganz starken Überdosierungen, wie vorhin, als sie
sich, leider im Recht, über die unter Unmengen von Ingwer
begrabenen Rüben beschwert hatte. Es ist manchmal wirk-

lich zum Ausrasten mit meiner Großmutter, die jetzt ihren Frieden hätte haben können, aber das war genau, was sie nicht wünschte, sie sehnte sich nach der nächsten Provokation.

Ich hab zuerst mal noch zwei Eier reingeschlagen und dann nachgedickt mit den Flora-Milchflocken, aber der Clou ist und bleibt, das mir plötzlich dieser Ananas-Dip einfiel, fällt noch in meine Einkaufszeit, die Flora-Flocken-Packung ebenso, alles was im Vorratsschrank und im Eisschrank interessant ist, stammt aus meiner Zeit.

Wie bitte? Den Dip hast du dran getan? Meine zweite Mutter stippte noch eine Löffelspitze aus der Dessertschale, und mit ein paar kleinen schmatzenden Geräuschen, den Kopf wie ein Huhn nach oben gehoben, schmeckte sie die Phantasie-Mousse nun richtig ab. Man merkts, sagte sie zuerst wie zu sich, dann zu mir: Es ist Knoblauch dran, es ist ein Knoblauch-Dip mit einer Spur von Ananas dabei, und man merkt den Knoblauch. Oh oh. Sie tat einen tiefen Seufzer, doch auch der hörte sich so flüchtig an wie von einer Schauspielerin auf der ersten Stellprobe, bei einem ersten Durchgang zum Zeitabstoppen, wo es noch nicht auf Text und Interpretation ankommt.

Obwohl ich meine Großmutter wahrhaftig kindisch und nicht nur undiplomatisch fand, lachte ich und behauptete, die Absonderlichkeit auf meinem Teller würde mir schmecken bei meiner Sympathie für alles Originelle, aber ich fürchte, ich stand der Großma diesmal nur bei, weil meine Gedanken zum leerstehenden Pech-Zimmer meiner Wirtin abgedriftet waren. Ich fürchte, deshalb wünschte ich ihr Frieden und daß sie sich wohlfühlt inmitten all ihrer Spleens und Techtelmechtel mit der Antipodin.

Plötzlich drückte ich mich nicht mehr vorm Gedanken an das Pech-Zimmer und daß ich es, kombiniert mit *Groß-ma, geh doch du freiwillig* nicht erwähnen würde, denn ein Blitzstrahl erhellte die Unordnung in Gemüt und Kopf: Die Großma, Stolz hin, Stolz her, würde die kleinen Kriege hier im Pfarrhaus vermissen und von einem Leben in Frieden, frei zu tun, was ihr in den abstrusen Sinn kam, schrecklich gelangweilt. Wie war sie früher? Bevor die zweite Schwiegertochter auf der andern Seite der Front stand? Wie hielt sie das aus, daß sie nirgendwo aneckte? Was machte sie mit ihrem lahmgelegten Geist der Rebellion?

Hast du gehört, daß Alex Brust gestorben ist? Meine Großma machte den Abwasch, ich trocknete die noch schaumigen Teller ab, und als sie sagte *Nur gut, daß deine zweite Mutter das nicht mitkriegt* und damit meinte, daß sie wieder Superglanz-Rei verschwendet hatte (ihr Spülwasser sah wie ein Schaumbad aus), glaubte ich ihr kein Wort. Sie vermißte ihre Kritikerin.

Ich kenne überhaupt keinen Alex Brust, Großma. Wahrscheinlich wars wieder ein von seiner Familie ins Heim abgeschobener Alter, von dem ich lieber nichts wissen wollte.

Ich könnte jetzt Millionärin sein, erzählte die Großma, er war der Boß von Auto-Brust, du mußt doch die Abschleppwagen x-mal schon gesehen haben, sie kommen weit über die Region raus, und Alex war in unseren gemeinsamen Tanzstundenzeiten hinter mir her.

Oho, machte ich, noch immer nicht allzu interessiert und bloß ihr zuliebe. Oho plus Zugabe: Und er war nicht der einzige, möcht ich wetten.

Das war er wirklich nicht, und wenn ich jetzt seine Witwe wäre, gäbs keinen, der an mir bohren würde, ich sollte aus einer Top-Villa raus, Alex war einer der ersten, die im Gold-gruben-Viertel gebaut haben, also, er wollte mich und das sogar ein zweites Mal, nämlich nach dem Tod deines Großvaters, da spielte er nochmal den Freier, und ich war schon nah an sechzig, und für ihn als Katholik und eben-falls verwitwet würde das schwierig, zweite Frau und zweite Ehe für beide, trotzdem wars ihm todernst damit. Aber ich sagte *Nein* und immer wieder *Nein*, obwohl er anziehend war und ich diese Schwierigkeiten mit deiner zweiten Mut-ter hatte, Alex war einer von der ausgestorbenen Spezies der Gentlemen, verstehst du? Also, ich blieb bei meinem Nein, und um ihn nicht zu verletzen, konnte ich ihm nicht sagen, was mein Hauptgrund war. Könnte sein, daß du ihn errätst. Du bist mir in vieler Hinsicht ziemlich ähnlich.

Es tat mir ja leid für sie, aber ihre Entdeckung unserer Ähnlichkeit sagte mir nicht besonders zu. Ich verstehe sie, ich liebe sie, aber ich bin nicht wie sie. Bei diesem Aufent-halt hatte sie mich bisher hauptsächlich gereizt. Ihre Aus-führlichkeit verlangte mir diesmal zu viel Geduld ab. Ver-dammt, und mit solchen Empfindungen bringt sie mich dazu, daß ich mich schuldig fühle.

Ich errats nicht, Großma. Hoffentlich wars aus Treue, ich meine, hoffentlich wars wegen Großpa, daß du dich gewei-gert hast.

Großpa! Man merkt, du hast ihn nicht gut genug ge-kannt. Du warst zu klein, als der Ärmste starb. Dein Großva-ter lag mir förmlich in den Ohren, wirklich, ich konnte ihn buchstäblich hören, wie er mich beschwor: Heirate diesen sympathischen Bonzen. Damit hast du ausgesorgt. Nein, mein Lieber, mein Hauptgrund war: Ich würde niemals mit Nachnamen Brust heißen wollen.

Sie klang triumphierend und schien auf etwas zu warten, daß ich ihr applaudierte, überrumpelt war und lachte, und ich ließ sie ohne Beifall frontal mir zugekehrt strammstehen, den trüben bräunlichen Wischlappen in der Hand, und sie drehte sich zum Herd um, schmierte kreisförmig über die Fläche zwischen den Kochplatten, die vorher beinah sauberer als nach ihrer Aktion ausgesehen hatten. Mir setzte der Verdacht zu, daß sie mal wieder originell hatte sein wollen, mit einer weitgehend erfundenen Geschichte – aber noch viel mehr meine Ungnade, eine innere Blockade.

Mit dem Gefühl, nichts bewirkt zu haben, bin ich schon nach vier Tagen wieder abgereist. Ich war gekommen, um meiner Großmutter zu helfen, aber meine Idee, wie das zu geschehen hätte, fiel zeitgleich zusammen damit, daß ich sie nicht verwirklichte. Das verfluchte Pech-Zimmer! Ich sah Gespenster! Meiner Großmutter würde es im Traum nicht einfallen, zu mir überzusiedeln, nicht einmal für eine Übergangszeit, bis sie was Geeigneteres gefunden hätte. Also mußte ich mir wegen des Pech-Zimmers keine Vorwürfe machen. Keine Erleichterung. Vorwürfe mußte ich mir machen, weil ich mich davor drückte, aus Furcht, mich vielleicht doch mit ihr zu belasten. Vorwürfe wegen eines verschwindend kleinen Restrisikos. Wenn schon traurig, dann besser richtig traurig, sagte ich mir, und sang mir mehr inwendig beim Einschlafen sämtliche *Ach Elselein*-Strophen vor: »Ach Elselein, ach Elselein / Warum bis du nicht hier / Die Straße, die Straße / Ist zwischen dir und mir.« Und nach der Straße sind es, in Wehmutsmoll, die Wiese, der Hügel, das Wasser, meine Großma steigert die Unüberwindlichkeit bis zum Schluß: Aus dem »Warum bist du nicht hier« wird »Ich wär so gern bei dir«, denn nun läßt sie das Elselein antworten: »Der Himmel, der Himmel, liegt zwischen dir und mir.« Ich stellte mir ihre waghalsigen schubertinspirierten Schwenks in Dur-Varianten vor, sah ihre beim Komponieren gerunzelte Stirn, hörte ihre Stimme umkippen, und sie machte alles mir zuliebe, einem manchmal melancholiesüchtigen Kind, aber sie selber genoß auf ihre Weise jede Strophe genau so intensiv wie ich. Doch trotz vollkommener Erinnerung konnte ich mich nicht konzentrieren, meine Gedanken schweiften ab, versickerten in unaufgeräumten Unzufriedenheiten, es war verdammt schwierig und etwas verlogen mir *Ich bin gerührt, sie rührt mich* einzuhämmern.

Als aber Weihnachten bevorstand und damit der nächste Besuch zu Haus, da hat sie mich wieder wie in besten Zeiten begeistert, meine gute wirre und gleichzeitig hellsichtig-glasklare Großmutter. Wie gut sie mich kennt, wie rechtschaffen sie mich liebt und daher genau weiß, daß sie mir zu schaffen macht. Sie schrieb mir: »Mach dieses Jahr mal was ganz für Dich, wähle die besten von Deinen Einladungen aus.« Sie wäre nicht die Großma, die sie ist, wenn sie nicht doch auch den Wink mit dem Zaunpfahl erwähnt hätte: »Habs schon verstanden, warum Du uns von all den verlockenden Angeboten berichtet hast.« Aber schließlich wäre ich ja auch vor ein paar Wochen erst dagewesen, erstens, und zweitens halte sie das Getue mit dem Fest der Familie für atheistisch, und abgesehen von all dem gehöre ich auch in meiner knappen freien Zeit in die Gesellschaft junger Leute, »...amüsiere Dich mit deinesgleichen. Ich werde Dir aber mit gleicher Post ein neuerfundendes Gebäck von mir schicken, auf Cardamom-Basis, was die Gewürze an-

geht, Deine zweite Mutter meint, ich hätte jetzt den Cardamom-Fimmel, aber ich sagte ihr, Cardamom ist gut für die
Verdauung…«

Und ich hielt mich an die Amnestie, mit etwas schlechtem
Gewissen, das sich irgendwie am Cardamom-Fimmel fest-
machte, ich hatte keine große Lust, nicht schon wieder,
nach dem Mischmasch-Kreuz-und-Quer zu Haus. Ich wählte
Mannis Einladung, weil ich zu nervös würde bei Katja (bin
etwas verliebt in sie, war nicht in Stimmung dafür). Aber
schon nach zwei Tagen sehnte ich mich von Mannis wohl-
sortiertem Familienleben weg nach dem Chaos zu Haus.
Mannis Mutter schaltete den Gebührenzähler ein, bevor ich
dort anrief. Meine Großma ging dran: Ah, du bists, das ist
großartig! Gehts dir gut, wirst du dort satt? So so la la, sagte
ich, nicht nur, weil ihr das Spaß machen würde: Ausschließlich sie hat den Trick raus, wie mans schafft, daß ich be-
dürfnislos vom Tisch aufstehe, glaubt sie, und genau betrachtet, hat sie sogar recht. Bei anderen Leuten stört mich
schon, ehe es mit dem Essen losgeht, die Vorahnung, es
würde nicht reichen. Mehr oder weniger Einbildung. Hat
damit zu tun, daß ich mich abhängig von fremder Menschen Gutdünken fühle. Als ich fragte: Und wie stehen bei
euch diese verdammten Altersheim-Aktien, war ich beinahe
erleichtert über die krause Art der Großma, zuallererst ihre
eigene Geschichte loszuwerden, und überhaupt nicht in
Stimmung für eine schlechte Nachricht, Liebling, heut
morgen hat du was verpaßt, ich war in der Apotheke und
zwar bin ich extra zur Rosenberg-Apotheke rausgelaufen,
weil mir nach Xanax zumute war, du kennst doch Claire
Bloom. Gut, sie war eine recht bekannte Schauspielerin ein
paar Jahre vor deiner Zeit…

Das war wieder eine der Situationen, in denen mir die Spleenigkeit meiner Großmutter lästig wird und dies hier schließlich ein Ferngespräch. Sie redete und redete, ganz so, als säßen wir zusammen in der Küche.

Großma, wie war denn Weihnachten? Erträglich?

Oh, es war nicht übel. Und diese Claire Bloom war eine zeitlang die Frau eines berühmten amerikanischen Schriftstellers und über die Ehe mit ihm und überhaupt über ihn packt sie in ihrem Buch aus, so was wie Memoiren, alle schreiben sie ja heute diese Memoiren, und dieser wahrscheinlich sehr schwierige Mann hat Xanax *gefressen,* anders kann mans wohl nicht nennen.

Was habt ihr euch denn so alles geschenkt, Großma?

Wir hatten jeder ein paar Kleinigkeiten für einander, ich versorgte alle hauptsächlich mit meinen Cardamonnis, wie ich sie getauft habe, sie sehen wie ganz kleine Muffins aus und es ist auch, glaub ich, Muffin-Teig und Rosinen gucken aus dem blassen Teig raus wie kleine Warzen oder Mäuseaugen, aber alles auf Cardamombasis, was sie sehr bekömmlich macht. Kurzum, der alte Rosenberg war nicht im Laden. Er ist auch einer aus meiner Liebschaften-Zeit, verstehst du, ich ging eine zeitlang mit ihm. Und jetzt wars der Sohn, der hinter einem seiner paar schick schräg aufgestellten Verkaufspulte stand, der ganze Laden umgestaltet, wenn du mich fragst, nichts als Schnickschnack. Ich fragte ihn auf den Kopf zu, ob er der Sohn wäre oder nur ein Angestellter. Da hatte er mir schon das Xanax verweigert. Zuerst übrigens war er piekhöflich und übereifrig und er könnte es mir bestellen, aber als er hörte, daß ich kein Rezept hätte, wars aus mit jeglichem guten Benehmen. Er ließ zwischen sich und mir einen eisernen Vorhang runter.

Ich wollts ausprobieren, ich hab davon gelesen, ich lese ziemlich viel Literarisches, sagte ich. Aber da hatte er schon damit angefangen so zu tun, als wäre ich überhaupt nicht vorhanden, irgendwie sah er durch mich hindurch und hoffte, andere Kunden kämen rein, doch nichts dergleichen passierte, nur eine seiner Gehilfinnen erschien und die hatte anscheinend vorher schon gelauscht, und ich fand sie beinah haßerfüllt. Da wird dauernd davon gefaselt, die Leute sollten mehr auf Kommunikation achten und sie würdens ja auch vermissen, aber fang du mal eine etwas gehobenere Unterhaltung an und…

Du warst eine Fremde für die zwei, sagte ich.

Ich kannte seinen Vater gut, Schatz, und ich habs ihm gesagt. Ich freu mich für den alten Rosenberg, falls er tot ist, das hab ich noch nicht rausgefunden, daß er nicht mitkriegt, was für ein sturer Esel sein Sohn ist und daß es bloß zum Apotheker gereicht hat. Das Xanax, von dem Claire Bloom schreibt und das dieser Schriftsteller massenweise schluckte…

Sie redete und redete, und ich sah sie in dieser modisch renovierten Apotheke inmitten ihres aufgeregten Scheiterns, sie ist nicht ganz dicht, muß nicht nur zum Beispiel ein ihr fremder Apotheker denken, sie ist eine Nervensäge und meschugge, muß manchmal nicht nur ein Außenstehender denken, ich muß es auch. Für mich wurde es allerhöchste Zeit, sie zu stoppen. Typisch Großma: Ich hatte (natürlich frei erfunden) behauptet, meine Gastgeber brauchten längst das Telephon. Der Hausherr späht schon dauernd ungeduldig hier rein, schwindelte ich ihr vor. Typisch Großma, die verächtlich bemerkte: Dann fehlts auch bei denen an guten Manieren. Du genießt das Gastrecht, oder nicht? Früher, als ich noch die Herrscherin im Haus war, fühlte jeder Gast sich als König.

Das glaubte ich ihr aufs Wort, vorausgesetzt, der Gast brachte Geduld für Großmas zeitlich ausufernde Sequenzen und noch ein paar damals aber doch weniger schrullige Extras auf – aber nicht mal die Schuhe abtreten bevor man eintrat mußte man bei ihr, einer meiner ersten bewußten, imponierenden Eindrücke.

Ich wollte nicht, ich mußte es noch gründlicher als vorher schon erfahren, der alte Rosenberg, Großmas zeitweiliger Kavalier, hätte später Großes mit seinem Sohn vorgehabt: Er selbst war als Kind ein kleines Chemie-Genie, vielleicht wars auch Physik, und irgendwas soll er erfunden haben, den Bunsenbrenner gabs ja wohl schon, aber irgendwas in der Art. Und genau bei dem Punkt hab ich eingehakt: Ich sagte, zu ärgerlich, daß es dann doch bloß zum Apotheker gereicht hat. Ihr Vater sah Sie schon in seinen schönsten Wachträumen im Smoking drüben in Schweden bei der feierlichen Überreichung des Nobelpreises.

Ähnliche Szenen kannte ich vom eigenen Erleben, und als würde ich neben ihr dem abweisenden Apotheker gegenüberstehen, wurde mir, so wie immer, wenn sie sich mit Verkäufern oder anderen Partnern anlegte, die sie in die Schublade mit der Aufschrift *Ignoranten* steckte, eng im Hals, und auch das alte, in mich eingesunkene Bild vom Huhn, das die Großma für die Küche erwählt hatte und um die Gurgel packte, erfuhr seine Auferstehung, ich hörte das gequetschte Gackern als Nebengeräusch zum Lachen der Großma. Die irrt sich, unter Garantie irrt die sich, wenn sie glaubt, ihre Ignorantenklientel kränken zu können. Weil sie von denen keine Minute lang ernstgenommen wird, und deshalb kriegte ich auch als Kind den engen Hals, mir wars peinlich für sie, Sorgen um die Leute, die sie zu beleidigen versuchte, machte ich mir keine, und außerdem hatte ich ein schlechtes Gewissen, ja damals schon, weil ich mich auch schämte, in ihrer Gesellschaft zu sein und durch sie in häßliche Verdächtigungen hineingezogen wurde. Wenn diese Frau übergeschnappt und etwas kriminell ist, wie stehts dann mit diesem Kleinen in ihrem Schlepptau? Trotzdem reizte es mich, sie auf ihren Einkaufstouren zu begleiten, mit diesem zwiespältigen Horror fand ich ihre Auftritte als Kind doch auch interessant. Irgendwann schlug das um, dann warens nur noch enger Hals und Sumpf, und ich bin nicht mehr mitgekommen.

Du weißt doch, Großma, ohne Rezept kriegst du nichts. Ich muß jetzt wirklich Schluß machen.

Hör zu, ich hatte was zum Austausch mit. Tropfen, rezeptpflichtige, ich nehm sie nie, weil sie verstopfen, es ist Codein drin.

Eine Apotheke ist kein orientalischer Markt.

Daß ich das Codein loswerden wollte, mußte dem Milchgesicht beweisen, wie souverän ich bin, jemand, der Codein freiwillig abgibt, überhaupt was Rezeptpflichtiges, so jemand kann nicht drogensüchtig sein. Ich versuchte, ihm das klarzumachen, aber es war wie vorher, als ich über Literatur reden wollte und er…

Pech, Großma, das gesetzlich geregelte Gemeinwesen und deine Spielregeln sind zweierlei, sagte ich, Stimme nach unten, Punkt. Ich war entschlossen, ihr zu erklären: abgesehen von der Geldverschwendung, es reicht. Zum Glück fing sie nicht wieder mit irgendeiner neuen thematischen Girlande an, sie seufzte bloß, und schon tat sie mir wieder leid. Nur deshalb nutzte ich nicht die Gelegenheit, mich zu verabschieden, sondern fragte nochmal nach Weihnachten und Geschenken. Meine Großmutter sagte, ganz bei der Sache, der mißglückte Tauschhandel in der Apotheke interessierte sie überhaupt nicht mehr: Oh, stell dir vor, wir waren auf die gleiche Idee gekommen, deine Stiefmutter und ich. Wir haben jede der andern ein Couvert hingelegt. Jede hatte eine Botschaft für die andere, wie findest du das. Aber eh ich ihrs aufriß, rechnete ich bloß mit einer ihrer üblichen menschenfreundlichen UNICEF-Karten mit handgeschriebenem mehr oder weniger frommem Spruch drauf, diese Karten machen ihr jedes Jahr einen Haufen Arbeit, sie kriegt sie über den Großhandel, und schließlich hatte auch Frau Stöckl eine von ihr in die Hand gedrückt bekommen, das war mittwochs schon ...

Ja und, weiter? Ihr Abschweifen machte mich wieder ungeduldig. Nun, du rätst es nicht, mein Liebling, was ich statt irgendwelchem allgemeinem Schmus zu lesen bekam. Du rätst es wirklich nicht, und ich hab mich erstmal hinsetzen müssen. Die Großma machte eine Pause, und ich, auf nichts Gutes gefaßt, dachte mir schon eine versöhnliche Phrase aus, mit der ich ihren Zorn beschwichtigen könnte, doch da hörte ich sie, tiefere Stimmlage, gespielte Feierlichkeit: »Laß uns zusammenbleiben«, stand da, ganz ohne *Oma*, ehrlich, und nach einem Doppelpunkt, mit Ausrufezeichen dahinter: »Auf ein neues und richtig gutes Miteinander. Zu Weihnachten.« Blablabla ... Ohne dieses *Miteinander* und ihre brave Schrift hätte ich nicht geglaubt, daß die Botschaft von ihr ist.

Aber das ist doch großartig, rief ich, und meine Großma machte mit ihrer Stimme für Spott, aber nicht ganz echtem

Spott, weiter: Als ich das anstarrte, wollte ich nach meinem Couvert für sie grapschen, zu spät, sie hatte meine News schon gelesen und lächelte mich an, du kennst dieses Lächeln, es macht dich zum kleinen possierlichen Haustier oder zum Kind, das irgendwelchen Quatsch angerichtet hat und dem dieses Lächeln haushoch überlegen huldvoll vergibt. Ja Schätzchen, sie hatte schon meine Benachrichtigung gelesen. Und zum Teil war ich froh drüber, sagen wir, ich war über den Bildungsteil froh, wegen des Rests hatte ich Bedenken.

Machs nicht so spannend, Großma. Hier wird das Telephon gebraucht, ich …

Du bist der Gast, vergiß das nicht. Sag ihnen, du sprichst mit deiner alten Großmutter und keiner weiß, wie lang das noch möglich ist …

Du weißt, daß es noch lang möglich ist und daß du nicht alt bist.

Gut, aber ganz so kurz kann ichs nicht machen, tut mir leid. Dein Großvater las sehr gern Biographien, ich glaub, Emil Ludwig hieß der, den er bevorzugte, jedenfalls wars einer mit zwei Vornamen …

Großma, bitte!

Und deiner Stiefmutter wäre dieser Emil Ludwig oder wie immer er heißt vollkommen unbekannt, und daß der Wahlspruch deines Großvaters von ihm ist, natürlich ebenso. Und diesen Wahlspruch schrieb ich in Druckbuchstaben oben drüber, und sie würde denken, er ist von mir, und glaub mir, er könnte auch ebenso gut von mir sein, weißt du? Ich denke oft ganz eigenartige Sachen, richtig verstehen tue ich sie gar nicht einmal, aber ich spüre, sie sind irgendwie bemerkenswert …

Großma, wie geht der Wahlspruch! In diesen Augenblicken strapazierte sie mich mal wieder und meine Sym-
pathien schwenkten auf die andere Seite, zu meiner zweiten Mutter, als wäre ich Zuschauer bei einem Tennis-Match
und mein Favorit, mitten im Fehlermachen, verlor meine
Gunst, ich wechselte über auf die Gewinnerseite, untreu,
aber es mußte sein.

Meine Großmutter hörte sich hochzufrieden an, sie genoß es, meine Neugier geweckt zu haben: Ja, Schätzchen,
als es zu spät war, hatte sie schon alles gelesen, leider nicht
nur den fabelhaften Ausspruch, sie hatte auch die Infor-
mation gelesen und die lautete: Ich gehe. Zum nächsten Ersten, also Neujahr. Und ich weiß nicht genau, warum ich
meinen Wisch wiederhaben wollte. Diesmal klang sie
mädchenhaft und etwas kläglich.

Ich fragte nicht, ob sie Angst gehabt hätte, ihre zweite
Schwiegertochter würde auf diese Kündigung hin ihr Angebot zurückziehen. Ich wiederholte lieber, wie großartig
ich diesen Grußbotschaftenaustausch fand, richtig weihnachtlich nannte ich ihn, glaubte keinen Moment an die
gute Neuauflage des sogenannten Miteinander der zwei,
aber daß beide es wahrscheinlich brauchten, und gleichzeitig wanderten meine Gedanken in Richtung Pech-Zimmer, das ewig leersteht.

Der Wahlspruch, den ich obenauf geschrieben hatte, lautet: »Der Mutige verachtet die Zukunft.« Wirklich, er
könnte von mir sein. Meine Großmutter lachte ein bißchen,
es hörte sich gedankenverloren an. Ich bin nicht so mutig
wie sie, was die Zukunft angeht, ihre und meine. Wenn auch
ich die Zukunft verachten würde, brauchte ich nicht jeden
Monat dieses Geld rauszuschmeißen, denke ich jedesmal,

wenn ich am leeren, aber nicht mehr verfügbaren Pech-Zimmer vorbeigehe, es liegt neben der Treppe und ich habe es vorsorglich dazugemietet.

# Ist das Leben nicht schön?

Dann war mitten in Veras Wörterchaos er wieder dran, mein linkes Ohr glühte schon, und ich wechselte zum rechten, und er, ängstlich klang er, quängelte weiter. Vorhin hatte er sich beschwert, weil er nur noch 50 Kilo wiegen würde (Veras aus dem OFF gebrüllte *Sechzig!* waren halbwegs beruhigend). Jetzt kam irgendwas wie: er hätte zu wenig Mutter gehabt. Sein Analytiker sei ganz früh bei ihm eingestiegen… Das ist ja wohl der letzte Blödsinn, rief ich ihm rein. Von wegen zu wenig Mutter! Verwöhnt hab ich dich, du warst deshalb mein Scheidungsgrund.

Zeit, die Küchentür zuzumachen. Besser für den Rest des Abends, wenn Jonathan nicht mitkriegte, was hier los war. Nachher würde ich, aber abgeschwächt, davon erzählen müssen. Nicht mehr lang, und es gäbe sowieso Ärger, weil ich nie radikal *Jetzt ist Schluß* sagen kann und unser Abendessen sich verspätete. Das mit Jonathan ist meine zweite Ehe, und Sascha und Vera sind mein Sohn aus meiner ersten Ehe und seine Frau. Keiner glaubt mehr dran, daß sie je erwachsen werden. Jonathan mag Sascha, obwohl er ihm nichts Vernünftiges zutraut, ich auch nicht. Als fände ich es abwechslungsreich, und wenn wir überhaupt von ihm reden, sage ich: Er ist ganz schön verrückt. Ganz schön verrückt zu sein, genießt leider nicht einmal Sascha selber. Vera ist ihm darin ähnlich, ein Glück für beide, denke ich. Jonathan teilt meine Ansicht nicht. Lieber fange ich nie von mir aus mit Anmerkungen über die zwei an, was mich an mir als ziemlich pervers und treulos irritiert. Briefe schreibt Sascha keine. Telephonate kommen unregelmäßig vor, dummerweise nur dann, wenn er einen sitzen hat. Deshalb sage ich immer *Gib ihn mir* bei Sascha-Anrufen. Oberflächlich und gespielt vergnügt rede ich, wenig, denn Sascha will reden, womit ich Gleichmut vortäusche, während ich unentwegt merke, daß ich unglücklich bin, weil er sich betrinken muß und es selber ist, unglücklich. Früher wenigstens hat zwischen ihm und Vera alles gestimmt, zwei Ausgeflippte können sich nicht mit Vorwürfen traktieren. Neuerdings aber stimmt da irgendwas nicht mehr. Sascha ist willensschwach und talentiert. Angeblich hat er sein Studium nur unterbrochen. Er wechselt Jobs. Und so weiter, das ist nichts Neues. Das mit ihm und Vera, die in einem kleinen Zoo arbeitet und außerdem als Springer bei der Post, ist für mich eine Kinderehe, obwohl beide mittlerweile über dreißig sind. Verdammt: Es ist immer nur meine Familie mit Kalamitäten und Durcheinander, nie Jonathans, Sohn und Tochter sind was oder sie werdens, Glück hat er auch mit seinen nach Babylon/North Carolina für immer abgeschwirrten Eltern. Während meine, wie könnte es anders sein, erschreckend leicht erreichbar in aufgerundet 40 km Entfernung leben und mich trotzdem selten zu sehen bekommen. Und ausgerechnet an meinem Abend mit gutem Gewissen mußten die zwei gesetzlosen unordentlichen Grusel-märchenkinder hier anrufen. Es ist solch ein Kontrast, hatte ich schon am Anfang protestiert, wir kommen friedlich vom Weihnachtenfeiern bei deinen Großeltern zurück, bis eben hab ich mich gut gefühlt, ich laufe mit dem transportablen Telephon in der Küche rum, nebenan wartet Jo aufs Abend-essen, ich hab den Lachs zur Hälfte aus der Packung ge-schnitten ... und so weiter, es half nichts. Sascha löste Vera ab, die verdrängte ihn, dann wieder er sie. Seine Klage-quängelei erinnerte mich an Lügengeschichten aus seiner Kindheit. Jetzt gings um eine neue Frau in seinem Leben und daß der Analytiker in der seine *Anima* entdeckt hätte, früher um erfundene Freunde und Erfolge in der Schule. Mit so was wie einer *Anima* kann man mich jagen, sagte ich ihm, wie ich glaubte, aber Vera hatte wieder den Hörer ge-grapscht und fing von neuem damit an, Sascha wäre abge-stürzt (in ihrer Sprache das Wort für betrunken) und schwankend in der Taxi-Zentrale erschienen, worauf es natürlich mit diesem Job aus und vorbei sei.

Was ist eigentlich da nebenan los? rief Jonathan. Hört du heut noch mal auf?

Sofort, bald! schrie ich durch einen Spalt in der Küchentür.

Ich bin nicht mehr eifersüchtig, sagte Vera. Ich verdiene besser, und Sascha ist dort abgestürzt aufgetaucht ...

Hör mal, unterbrach ich sie, die Lage hier ist die ... also total ungünstig und einfach grotesk, Jo wird bald vor Wut kochen ...

Drück dem Kerl die Kehle zu! rief Vera. Wir lieben uns, trotz der andern, weißt du, wir lieben uns, und er ist abge-stürzt ...

Es ist Weihnachten! brüllte Jonathan. Zum Glück war er zu faul, sich aus seinem Sessel zu bugsieren und bei mir in der Küche zu ermitteln.

Vera, hör zu, Jo hat mich gerufen, und wenn ihr zwei so abgestürzt seid, krieg ich so gut wie gar nicht mit, was los ist…

Statt ihrer antwortete Sascha, zum ersten Mal hörte er sich nüchtern und fürsorglich an, nicht beleidigt: Okay. Machen wir Schluß.

Aber konnte ich bei diesem Angebot zugreifen? Mit *Ciao, Servus* oder sonstwas aus ihrer Sprache die zwei in ihrer Zimmerschlacht gepeinigten Kinder aus einem Gruselmärchen einfach abhängen? Bis zu dieser neuen *Anima*-Frau mußte ich bei Sascha und Vera immer an Hänsel und Gretel denken, im Wald verirrt für immer, aber vereint; jetzt an eine eklige Fortsetzung (mit neuer Besetzung der Hexenrolle?). Klingt rührselig, ich war aber das Gegenteil davon, ich war zornig und ungeduldig zwischen meinen angebrochenen Essensvorbereitungen und verpanzert gegen ihre verfluchten Abstürze. Erst später, mit Zeit dafür und Ruhe, würde ich mir Sorgen machen und überlegen, womit ihr ruinierter Weihnachtsabend noch zu retten wäre, ehe er als Trümmerhaufen zusammenbrach. Was ich fürchtete, war Jonathans Kritik, und Kritik ist ein nobles Etikett auf den Schmähreden und dem Räsonnieren, das mich und meine beiden Unglücksraben erwartete. Und weil mir schon das Überschreiten der Zimmerlautstärke auf den Magen schlägt, Umweg übers Gemüt, fürchtete ich auch um den. Schon fing es damit an: Zusammen mit dem angenehmen Rückblick für das endlich wieder einmal abgeleistete Eltern-Quantum verging mir der Appetit. Das hasse ich: ohne

Appetit Mahlzeiten vorzubereiten, dann zu essen. (Mir fällt auf, daß ich bis hin zu banalen Vorgängen wie essen im Zusammenleben mit anderen immer eine Rolle spielen muß. Wer zwingt mich eigentlich dazu? Das bin doch ausschließlich ich selber. Um des lieben Friedens willen? Das auch, ja. Aber der wahre und häßlichere Grund hört sich so an: Ich will meine Ruhe haben. Und dazu, sie mir auf ehrliche Weise zu verdienen, bin ich nicht mutig genug.)

Mit wem quasselst du eigentlich da, hört das heut nochmal irgendwann auf? Jonathan klang gar nicht Gutes versprechend. Er ist prinzipiell mutig genug, sich seine Ruhe oder was er darunter versteht zu verschaffen.

Gleich, sofort! rief ich, und leiser: Verdammt nochmal! Benimm dich nicht wie ein Baby. Wieder laut: Es sind schließlich Sascha und Vera. Doch er sähe nicht ein, daß ich zu denen nicht genauso schnöde wie bei jemand x-beliebigem *Ich hab jetzt leider keine Zeit mehr* sagen könnte.

Sag ihnen, es ist Weihnachten, verdammt, brüllte Jonathan, und Sascha, wieder auf Hochtouren, sagte gleichzeitig: Doktor Spielmann meint mit zu wenig Mutter, daß du mich nicht gestillt hast, und *Woher hast du das denn?* rief ich, während ich Vera *Dreckskerl* rufen hörte, ich schimpfte weiter: Was soll dieser Muttermilch-Quatsch überhaupt, Muttermilch hat längst keinen guten Ruf mehr (aber wie stand es damit vor dreißig Jahren?) und mit eurem Saufen und den Ehefunktionsstörungen nichts zu tun.

Nebenan drehte Jonathan den Ton am Fernsehapparat voll auf. Vom Gedröhn schwachsinniger Wunschkonzertvolksfröhlichkeit versprach er sich, meine Rebellion wäre mir wichtiger als das Telephonat, und ich würde diesen Mist stoppen. Und auch, daß mir unser Abendprogramm inklusive Spielfilm einfiele. Das mit der zweiten Absicht funktionierte, aber in dieser melodramatischen ekelhaften Gleichzeitigkeit von SOS-Ruf aus über 700 km Entfernung und Tobsüchtigkeit nebenan konnte ich mich auf nichts konzentrieren, hier der glänzend rosige Lachs in der halb offenen Packung, dort das Elend, von dem ich nichts wissen wollte, in dieser Mischung aus Weihnachten und Scherereien bemitleidete ich mich selbst, ich dachte: *Schade um den Lachs,* wirklich, so profan und selbstsüchtig dachte ich, rief: Ich kapier nichts, ihr kapiert nichts, wir reden wieder, wenn ihr nicht gerade abgestürzt seid. Aber Sascha erklärte leicht verständlich: Doktor Spielmann meint nicht die Muttermilch mit dem Stillen, er meint die erste Empfindung der Geborgenheit, und wenn die nicht stattfindet… und er belehrte mich über die aus der Babyforschung der Analytiker gewonnenen Erkenntnisse, und gleichzeitig schimpfte aus dem Wohnzimmer sein Rivale, mein zweiter Mann Jonathan, und *Trink trink, Brüderlein trink* beschallte diese schizophrene Wahnsinnsklimax. Und später, endlich beim Essen, war der Lachs wirklich die reine Vergeudung. Ich find nicht, daß wir ihn schlecht gelaunt essen sollten, sagte ich, wie wärs, wenn ich ihn gut in Folie verpacken und ins Eisfach legen würde?

Bestimmt nicht fachmännisch, sagte Jonathan, du denkst immer, der Kühlschrank ist die Garantie für ewige Haltbarkeit.

Fischvergiftungen sind gräßlich, sagte ich, damit wir nicht wieder über das von Sascha und Vera versaute Rest-Weihnachten reden müßten, und ich beneidete Jonathan, dem es auch bei schlechter Laune noch schmeckt, überhaupt kann er mit allem, was er geplant hat, weitermachen und deshalb so lang als Griesgram durchhalten.

Hoffentlich hat dein endloses Telephonieren auch irgendeinen praktischen Nutzen gehabt, sagte Jonathan. Hat diese zwei auf den Boden der Tatsachen runtergeholt.

Aber sie sind am Boden. Sie sind zwischen einem Gerümpel von Tatsachen, und über was Vernünftiges zu reden war ja total zwecklos.

Dann war das ganze Theater zwecklos. So was muß man doch fertigbringen, erklären: Schluß, aus, wir wollten jetzt essen, und außerdem ist Weihnachten.

Eben: Weihnachten. Ich wartete, vielleicht ginge Jonathan der höhere Sinn meiner Betonung auf: Weihnachten. Eben drum. Als nichts weiter kam, sagte ich, umrahmt von einem vergifteten kleinen Lachen: Was für ein Glück, es hat dir trotzdem nicht den Appetit verschlagen!

Warum sollte es? Muß etwa ich mir irgendwas vorwerfen?

Manchmal frag ich mich, wie das wohl wäre, ein Leben mit gleichmäßig gutem Gewissen.

Angenehm. Fest steht, ich wäre mit dem Problem besser zurechtgekommen und vor allem: schneller.

Mit dem Kommentar *geteilt* schob ich Jonathan die letzte Hälfte vom Eisbergsalat hin, den ich zum Glück vor dem Gemischten-Doppel-Drama (dort und hier) und noch in bester Kondition (Stimmung, Magen) mit einer Packung Krabbensalat und zerbröckelten Walnüssen angemacht hatte und der nicht erkennbar in sich zusammengefallen war, weil die Eisbergsalatblätter sehr stabil sind. Er ist wirklich gut, oder? Ich wollte wieder ins Es-ist-alles-halb-so-schlimm-Fahrwasser.

Ist er, aber ich laß dir den Rest. Ich sag dir immer, dieser Salat ist eine Art Kohl, man verträgt nur kleine Portionen davon.

Verdammt, all das Herumgranteln, es macht ihm einfach nichts aus. Obwohl das nicht schlau von mir ist, lasse ich mich dann doch leider auch wieder gehen. Ein Engel bin ich nun mal nicht und auch keine Friedenstaube. Aber ich wußte, daß es ein Fehler war, der außerdem nur mir schadete, als ich sagte: Tut mir leid, ich seh nicht, daß ich was falsch gemacht habe. Erstens: Konnte ich ihnen die Tür vor der Nase zuschlagen? Es war ein Hilferuf! Und dazu dein Weihnachten. Und zweitens waren beide ganz tief abgestürzt, und red da mal rational…

Abgestürzt, abgestürzt! Übrigens: Du hast nicht zufällig noch vom Appenzeller? Besoffen sind sie. Drücks doch so unpoetisch aus, wie es ist. Übernimm nicht immer sofort den Jargon der andern.

Mir tats gut, daß ich aufstehen und in der Küche nach dem Appenzeller forschen mußte. Ah, noch welcher da, gut so. Mit dem Anrichten ließ ich mir Zeit, pumpte Luft, schnitt Grimassen. Bei der Rückkehr an den Eßtisch, Blick auf die Krippe unter dem römischen Glitzerbäumchen mit seiner Nadelimitation aus rotem und silbernem Aluminium, sagte ich: Und sie fanden keinen Raum in der Herberge.

Sonst. Sonst keinen Raum. Jonathan grinste mich an, was ich vielversprechend fand. Wenn schon, denn schon. Er klang gutmütig. Außerdem paßt *sonst*. Falls du deine zwei Pechvögel in der Misere von Maria und Joseph und ihrem Baby sehen willst. *Sonst* wäre in eurem Fall: Du hast ihnen zugehört.

Aber es war nur ein Stall. Ich machte den Einwand, weil ich scharf drauf war, mehr von ihm getröstet zu werden.

Warm genug. Du hast ihnen lang genug zugehört.

Was soll ich sagen? Bis aufs Einschlafen ist der 24. 12. wieder friedlich geworden. Clarence, dieser Engel zweiter Klasse, wurde nicht nur in Bedford Falls aktiv: Ab zweiundzwanzig Uhr fünfzehn haben wir »Ist das Leben nicht schön?« gesehen, einen der paar Filme aus unserem Weihnachtstraditions-Proviant, und pünktlich zum Heiligabend hat wieder Clarence der netten, glücklichen Familie von James Stewart und Donna Reed beigestanden; ehe James Stewart sich das Leben nimmt und damit Donna Reed wieder glücklich lächeln und die vier drolligen Kinder genießen kann, wendet er den Bankrott ab und beweist der kleinen Familie, daß das Leben schön ist. Ich sagte zu Jonathan, undeutlich mit Zahnpasta im Mund später im Bad: Clarence war da. Und er fragte *Wie bitte* und wollte es nicht unbedingt wissen, und ich wollte nicht unbedingt verstanden werden, als ich sagte: Wär schön, wenn die zwei Abgestürzten wenigstens ein Engel dritter Klasse ein bißchen retten würde. Anscheinend hatte Jonathan doch etwas mitgekriegt, denn er fragte, schon von seinem Bett aus: Ist das Leben nicht schön? Ich habe zwar ja gesagt, aber wenns schön wäre, brauchten wir den ganzen 24. 12. nicht, nicht diesen besonderen Geburtstag, keinen Engel, Gott, all das...

## Liebe auf den letzten Blick

Spätnachmittage stehen dem alten Kasten am besten, für
die ist er geschaffen, empfand Alma jedesmal. Sie kam vom
Rundgang mit dem sanftmütigen und zu dicken Butler
zurück und genoß beruhigt das Lampenlicht, das aus den
zwei Zimmern und der Küche durch offene Türen in die
vollgestopfte Diele schimmerte. Deren Deckenlampe ver-
mittelte nur gnädiges Erkennen des Bewegungsspielraums,
keine klaren Verhältnisse. Der dottergelbe Schein war ein
nervenschonender Gegensatz zum Offenbarungseid der
Helligkeit tagsüber, besonders bei Sonne. Die Küchen-
beleuchtung zuckte ermattet aus einer alten Neonleiste
und wirkte auf Alma knöchern, leichenhaft, erinnerte sie
an alte Zähne und an den Tod und oft, leider folgenlos, an
die schmutzigen Klaviertasten (was war schlimmer: daß sie
die nicht mehr benutzte oder daß sie sie nicht reinigte?).
Butler lief wie jedesmal zuerst in die Küche, ohne Bedürfnis, aber er tat so, und seinen seesandfarbenen Rücken
streifte die Verbindungsschnur zum Elektrokochtopf, die
schräg rüber hing von der Steckdose zum Topf auf dem

küchenmäßig umgerüsteten alten Nachttisch und den Zutritt versperrte, was jeder Gast furchtbar waghalsig fand, und das war es auch. Ein Provisorium wie dieses wurde zum Altertum wie so ungefähr alles im Haus, dem *alten Kasten*, wundervoll wohnlich trotz vieler Tücken und Hinfälligkeiten, und alt wie das geräumige Grundstück um die geräumige Wohnstätte, das bis auf die jährlich schrumpfenden, von Frieda, der Pflanzenliebhaberin noch betreuten Areale allmählich verwilderte. Die Schwestern nannten ihr Gebiet *die Ranch*, obwohl es ganz und gar keine Ranch war, sondern nur ein altes Haus in einem alten Garten zwischen ähnlichen Grundstücken und Häusern in einer alten Straße mit alten Linden am Fuß der Hügel-Allee. Einziger Nachteil: Zu viele Lastwagen nahmen die als Abkürzung, brausten auf ihre Parzelle zu. Als sie jung waren, hatten sie von einer Ranch geträumt. Eine Ranch als Alterssitz. Frieda und Alma waren zwar nicht so alt wie ihr Anwesen, aber reichlich alt genug, und beim Blick auf die unfallpotente Verbindungsschnur, diese Einladung zum Unglück, hinter der Frieda bucklig schief am Herd herumwirtschaftete, wunderte sich Alma wieder, weil sie dem Verhängnis ein immerwährendes Angebot machten und trotzdem nichts passierte.

Der Tee ist fertig! Frieda humpelte, mit Absicht gekrümmter als es sein mußte und den Kopf in Schräglage vorgestreckt, auf die Küchentür zu, in der rechten Hand die Thermoskanne, linkshändig riß sie die Schnur aus der Steckdose, der Elektrotopf schaukelte auf dem wackligen Nachttisch, alles wie immer, aber es passierte nun einmal nichts. Frieda erinnerte Alma an einen sturmgebeugten Baum an der Küste, der die ihm zugedachten Orkane überstanden und nun nichts mehr zu befürchten hat, und sie

114

warf ihre wettergepeinigte Parka über das Geländer zum Treppenaufgang. Diese kurze Handlung, eine Ordnungswidrigkeit, (auch in ihrer Diele gab es ein paar allerdings vollbepackte Garderobehaken) genoß sie. In ihrer Ehe, lang her, war sie pingelig mit Aufräumen gewesen, kaum zu glauben. Angesteckt von Friedas Lässigkeit erlabte sie sich, obwohl ihren guten Wilhelm schon seit vierzehn Jahren werweißwelche Wonnen des Jenseits beseligten (sie glaubte nicht an die Erfüllung weltlicher Wünsche dort und doch sah sie ihn mit der endlich idealen Schiffsmodellsammlung spielen), immer noch mit verwunderter Selbstbeobachtung an ihrer neuen köstlichen Mißachtung einiger bürgerlicher Tugenden, fast schon schlampig benahm sie sich.

Dämmerung von draußen und der Widerschein der beschirmten Lampen verschmolzen in ein sämig-behagliches, nicht dingfest zu machendes Licht, und heute gabs Korinthenbrot und Scalls, die Frieda via Spencer & Bealy über den Atlantik schicken ließ, aus Anhänglichkeit an ihre amerikanischen Jahre mit Roney Glucksman, keine Muffins heute, und Alma sagte: Es gab Zeiten, da glaubten wir nicht mehr an so ein Zusammensein. Daß wir so alt würden und zusammen die Ranch hätten.

Daß *ich* so alt würde, korrigierte Frieda gleichmütig und zufrieden. Sie schob ihren rechten Arm über den ungedeckten Teil des Tischs zu den wie durch einen Erdbebenstoß durcheinandergerüttelten Haufen von Lektüre: Zeitungen, in Einzelteile zerlegt, Zeitschriften mit den umgeblätterten Seiten nach unten geknifft und Bücher, in denen leere Brillenfutterale und Couverts als Lesezeichen steckten, manche lagen auch umgestülpt bäuchlings herum (gut, daß Wilhelm diese Todsünde entging, er kam auf

mehr als sieben), und hangelte sich Lesestoff. Tee und Gebäck bei gleichzeitigem Lesen war Gewohnheit und höch-
ste Genußstufe, alle Varianten wären unterdosiert, Tee und
nur Lesen, Tee und nur Gebäck. Zwei Bücher blieben seit
Wochen aufgeklappt, und manchmal verwickelte Alma die
etwas widerstrebende Frieda in eine Diskussion ihrer rot-
markierten Lieblingsstelle: Hier fragt der sonderliche Cald-
well sogar einen besoffenen Berber: Sind Sie bereit zu sterben? Es interessiert ihn brennend, er ists nicht, nicht bereit,
müßte es sein. Frieda, sind wirs? Keiner ists. Frieda antwortete knapp und wußte, die andere Stelle käme dran, die mit
dem Studenten und dem Theologie-Professor, dem der
Computer-Freak-Gott des Studenten, dem Über-Einstein-
Gott und Austüftler sämtlicher Evolutionsstufen, äußerst
unsympathisch ist, und sie wußte, daß Alma die Strenge des
Professors tröstete: Auch ihr Gott durfte unter keinen Umständen menschenähnliche Fähigkeiten besitzen und überhaupt auf menschenmögliche Weise erreichbar sein, und
zum Schluß würde Alma euphorisiert wie nach einem Cock-
tail aus Stimulanzien und Tranquilizern das Fazit des Studenten ziehen: »Ihr Gott ist ein netter, ungefährlicher, un-
auffindbarer Gott.« Frieda, ist das nicht genau der Gott bei
unserm Kinderabendgebet, der vom Vater? Nett? Frieda beschloß, nicht mehr einzuwenden, wenn Gott nur ein
bißchen auffindbarer wäre, hätte das viel für sich, und der
Student, der Gott mit dem Computer auf der Spur war, wäre
zwar ein Spinner, aber mit der Nützlichkeit eines bewiese-
nen Gottes hätte er recht. Sie wollte den Mund halten. Einmal aus Faulheit, und dann, zweitens, kämen mit dem aus
der Unauffindbarkeit in die Realität runtergezurrten Gott
alle diese geistlosen Zweifel zum Beispiel an seiner Güte

auf, die in diesen hausbackenen Jedermannsfragen erstickten: Wie konnte ER das und das zulassen? Krankheiten, Katastrophen, Verbrechen, alle diese Dinge. Der Schöpfer des Himmels und der Erden? Frieda murmelte, damit es uninteressiert klang. Und Alma rief dann: Nie und nimmer! Zumindest nicht *der Erden*. Als Werk Gottes wärs zu schlecht geraten. Und die Wunder der Natur? Frieda feixte. Alma würde spotten, diese Wunder liefen doch nur auf Fressen und Gefressenwerden hinaus, Gott wäre als ihr Erfinder bloß ein verehrungswürdiger Nobelpreisträger. Friedachen, wenn ich je damals, als du krank warst, hätte denken müssen, Gott ist für die Neurochirurgie verantwortlich, ich wäre heute bestimmt nicht gläubig. Gott hat nichts damit zu tun, mit gar nichts hier. Gott ist später dran. Im Traumland, summte Frieda.

Alma legte *Liebe auf den letzten Blick* weg (beide schmökerten gern Leichtes als Zwischenmahlzeit), denn das Erstaunliche lenkte sie ab: Daß es wirklich erreicht war, was sie sich als Kinder vorgenommen hatten und womit eine schwere Zeitlang überhaupt nicht mehr zu rechnen gewesen war. Das besondere Datum dieses Tags verlangte nach Rückbesinnung, wenn sie schon sonst nichts draus machten. Längst taten sie an diesem besonderen Tag so, als wäre es einer wie jeder andere. Friedas Betonung auf dem ich, daß *ich* so alt würde, erinnert Alma mit Wucht an die absolut schreckliche Zeit geschwisterlicher Sorgen, Ängste.

Auch ich bin ja mal gerade noch knapp dem Tod von der Schippe gesprungen, aber bei dir wars gräßlicher. So langwierig. Sie seufzte, nach dem Ausatmen wurde ein Kichern daraus: Weißt du eigentlich, daß ich damals, als es dir so verdammt dreckig ging und du jedes Krümelchen Chemie ge-

brauchen konntest, daß ich dir von deinem Temesta geklaut habe? Es war so lang her, daß Alma sich zu ihrem in
eine Frage gepferchten Bekenntnis nicht überwinden
mußte. Außerdem würde ihrer älteren Schwester, von Kind
an auf jeden Unfug der vorwitzigen Kleinen gefaßt, diese
verjährte Gaunerei nicht die Schuhe ausziehen. Seelenru-
hig antwortete Frieda beim Weiterlesen: Natürlich wußte
ichs, oder habs geahnt. Und? Warst du wütend auf mich?
Warum hast du nichts gesagt?

Ich hatte meine Rezepte. Hör damit auf.

Welche Details aus der Vergangenheit hatten sie noch
nicht hervorgekramt?

Das meiste war zutage gefördert, aber als Stoff bleibend
attraktiv und voll neuer Facetten.

Lang habe ich sowieso überhaupt nicht dran geglaubt,
wir könnten es so hinkriegen wie unsere Mamma und ihre
Tina, das Zusammenleben. Bevor das mit dir passierte. Und
das mit mir.

Ich habs auch nicht ganz geglaubt. (Es war egal, kam aufs
selbe heraus, wer welchen Rollenpart in diesen Dialogen
übernahm.)

Unsere gute Mamma! Und die gute kauzige Tina! Sie
paßten von all ihren früheren Lebensgewohnheiten her
nicht zusammen, als sie mit dem gemeinsamen Haushalt
anfingen, genau so wie wir, und doch haben sie es geschafft.

So wie wir.

Richtig. So wie wir.

Es war die Liebe: So viel Pathos mußte mit Vibrato ge-
trällert, gezwitschert oder affektiert rezitiert und damit auf
ein umgängliches Maß hinuntergemildert werden. Zu
ernst, zu wahr: Ich liebe dich, Frieda. Ich liebe dich, Alma.

Nach solchen Offenbarungen mußte man ja noch weitermachen können mit den Scalls und dem Lektürewust und den Zecken im Fell des melancholischen Butler, aber der Tee brauchte daraufhin dringend einen Schuß Rum.

Und die Mamma hatte eine lange Familienmutterära hinter sich, extrem anders als die Solistin Tina. Wahnsinnig verschiedene Schwestern.

»Die Liebe, die Liebe, ist eine Himmelsmacht«, wurde gesungen. Wie bei uns. Wir haben auch verschiedene Vorleben, und nicht nur die sind verschieden. Frieda, ich hab dich immer um dein schmales Gesicht beneidet.

Und ich dich um deine vorstehenden Backenknochen. Und daß du draufgängerisch warst. Komisch, du hast geheiratet, wo doch ich die Brave war.

Ein Wunder, daß ich mich an deine Gewohnheiten anpassen konnte.

Und ich mich an deine. Wir haben eine Basisähnlichkeit, trotzdem, ich hätts nicht für möglich gehalten.

Jede gab ihren Senf dazu, und so wurde diese Mischung draus. Oder? In der Mischung dominierten Friedas Zutaten. Alma fand es bequem, etwas fahrlässig zu leben, und immer weniger einleuchtend den Ordnungssinn, den sie zu Wilhelms Lebzeiten verinnerlicht hatte. Nur ein Hang zum Altgewohnten plus Schönheitssinn wehrte sich gegen Friedas Gleichgültigkeit gegenüber Stammplätzen für bestimmte Gegenstände. Eine leere, wundervolle Ginger-Nut-Dose mußte unbedingt rechts neben der Seitenschublade vom Küchenbuffet stehen, auf den Millimeter genau da, und derselbe Tick verfolgte Alma bei ein paar anderen Sachen. Frieda könnte das nie nachvollziehen.

In der zweiten Runde beträufelten die Schwestern das

Korinthenbrot und die Scalls mit Ahornsirup, den Frieda, die für die Küche Zuständige, mit Arrak versetzte, wobei eine süße hochprozentige Essenz herauskam. Bernsteingelb, dickflüssig und nur mit überm Teller vorgerecktem Kinn in den Mund zu balancieren. Nach Wirkungseintritt (den Arrak unterstützte der Rum im Tee), sagte Alma: Als es damals mit dem Tumor in deinem Köpfchen losging, und mein Wilhelm lebte noch, und du warst noch mit Roney liiert... übrigens hab ich dich um eure Freiheit ganz schön beneidet... und ihr seid um den halben Globus von einer neurologischen Koryphäe zur andern gereist, und alle fanden, das Ding wäre nicht rauszuoperieren, hats mich erschreckt, daß mit dem Glauben doch was nicht stimmt, so bald dirs schlecht geht. So lang dirs gut geht, fällts dir leicht zu glauben, im Jenseits ists besser... Alma sang: »...wann kommt das Schöne nun?« Sie lachte, bugsierte einen Bissen in den Mund. Aber dann, mit einem Tumor, gibts nur noch Angst und Schrecken. Geistlose Todesangst gegen Gottes Zusage.

Eeieiei, ui jeh, machte Frieda. Armes Kindchen. Ich habs doch immer schonungsvoll gemacht, Briefe, Telephonate, von meiner Angst hab ich wenig rausgelassen, vielleicht dann doch, als ich diese elenden Anfälle bekam. Friedas Stimme senkte sich: Fallsucht. Es hörte sich an wie von ganz tief unten gesprochen, nach dem Fall.

Aber bei Schwestern wie wir es sind spürt eine alles von der andern. Ich hab vorher nicht gewußt, was Mitleid wirklich ist. Und mich kaltblütig gestellt, und du wirsts geahnt haben, daß ichs nicht war.

Hab ich.

Nach ein paar Sätzen in *Liebe auf den letzten Blick*, Alma:

Gut, als du vielleicht dran gestorben wärst, kams bei mir zum Sinneswandel. Ich plante, auf meine Selbständigkeit zu pfeifen, falls Wilhelm so bescheiden ist und die Statistik wahrmacht und vor mir stirbt, du weißt, ich habe ihn geliebt, wie meinen eigenen Arm oder meine Fußzehen, und wenn Roney ebenfalls vor uns stirbt und du überleben würdest, ich lasse meine Selbständigkeit sausen, und auf die war ich scharf, aber ich tu mich mit dir zum alten Ranchtraum aus unsern Kinderszenen zusammen, als junge Mädchen hatten wir ihn immer noch ...

Ich vielleicht, aber du bist mit all diesen Typen rumgezogen. Frieda schleckte einen Löffel Arraksirup aus, doch bedeutete das nicht das Ende der Mahlzeit, der Löffel wurde zurück ins Glas gesteckt.

Trotzdem, der Traum hielt stand, beharrte Alma. Das mit den Burschen war nichts als die Neugier der Kreatur, jeder hat sie, sie ist im Programm.

Frieda sagte, entweder hätte ihr Computer (sie tippte sich gegen die wuschligen Stirnfransen) keine von diesen Neugiernummern gespeichert oder ihr scheußlicher kleiner Tumor wäre schon für diesen Neuronenort gebucht gewesen. Oder so: Ich mußte auf dich aufpassen. Das nahm mir Zeit. Ich konnte mich nicht um meine Libido kümmern. Stimmt Libido?

Stimmt. Frieda, daß ich beschloß, das mit der Ranch wird gemacht, ganz fest, und es war noch nicht sicher, ob du sterben würdest oder gelähmt wärst, ich halte es für sehr wichtig.

Du meinst, es hat mich gerettet?

Alma dachte, in Friedas Kopf unter den büscheligen kurzen Haaren von der Staubwollmausfarbe der Pusteblumen

sitzt es immer noch, das bitterböse kleine Ding, aber ver-
schrumpelt, angebrannt; Frieda machte damals eine Be-
strahlungstherapie und niemand, sie eingeschlossen, einen
optimistischen Eindruck, doch war das nun fast zwanzig
Jahre her, Frieda wieder die Frieda wie vor dem Tumor, sie
humpelte, hielt sich schief, sang das Lied vom Bucklicht
Männlein, und Alma glaubte, daß Frieda übertrieb, sie war
fürs Groteske. Dort unter ihrer Schädeldecke nistet das
Miststück, aber gegen alle Prognosen muckst es sich nicht,
bleibt gutartig, von wegen Stadium I bis IV, es hat einfach
die Lust verloren, Anfälle zu provozieren.

Mein Ranchtraum muß so was Ähnliches gewesen sein
wie ein Gebet, sagte Alma. Tut mir leid, wenn dir das zu dick
aufgetragen ist.

Ich hatte schon mit den Leuten von *Exit* Kontakt aufge-
nommen, sagte Frieda. Gewußt?

Ich habs mir sogar gewünscht, sagte Alma.

In den Köpfen der Schwestern säuselte angenehm Friedas Ahornsirupschnaps, kombiniert mit viel Rum im Tee,
dritte Tasse, und sie bekamen warme rosige Gesichter.
Beide warfen von Zeit zu Zeit Butler Korinthenbrotbrocken
in die Gegend, wo er sich ausruhte, und er erhob sich, wie
um seinen Appetit zu tarnen, langsam und als tue er kaum
etwas so ungern, aber den Schwestern diesen Gefallen, und
holte sich seinen Leckerbissen.

Die *Exit*-Leute waren richtig ärgerlich, als ich sie wieder
loswerden wollte. Als sollten sie Gäste einsammeln für eine
Kaffeefahrt, und plötzlich macht jemand, der schon seinen
Platz reserviert hat, nicht mit.

Ich hab auch an diese *Exits* gedacht, das war nach dem
Autounfall und falls ich vielleicht für immer gelähmt wäre

und abhängig. Es verlangte Alma nach einer Höchstdosis und sie senkte den Löffel tief ins Sirup-Arrak-Glas, sie wickelte einen bernsteingoldenen, gelierten Schweif um den Löffel und schob ihn sich in den Mund. Schwesterchen, wir habens beide überlebt. Wir sind jetzt so unsterblich wie damals unsere Mamma und die skurrile Tina, Frieda, auf die kommst du immer mehr heraus. Ich weniger auf die Mamma. Ich bin nicht ein Hundertstel so sanftmütig wie sie es war. So geduldig, schweigsam.

Aber eines Tages sind auch wir dran, sie habens ja auch nicht gepackt. Die Schwestern seufzten, nicht unglücklich. Das jetzt waren auf eine dunstig entfernte Art gute Erinnerungen.

Und dann wars halt doch aus mit den beiden.

Und wie schnell es ging bei Tina, kurz nachdem die Mamma im Bett einfach für immer eingeschlafen war. Als hätte sie keine Lust mehr aufzuwachen. Tina sagte mal lang vorher: *Sie schläft sich eines Tages tot,* es klang neidisch.

Meinst du, daß Tina freiwillig ging? Sie hatte Vorräte.

Vielleicht ging auch die Mamma freiwillig. Beide haben Schlafmittel gehortet. Und was für welche! Drogensüchtige reißen sich drum.

Möglich, obwohl, ich glaubs nicht, nicht von der Mamma. Sie war… na ja, paßt fromm? Gläubig, sie wars so wie man weiß, daß man sich morgens und abends waschen muß und sich anziehen… Das bringt mich drauf, ob wir jetzt nicht doch eine von diesen Kerzen anmachen sollten. Komisch, das war jetzt wieder ein Lastwagen. Der Verkehr müßte längst aufgehört haben.

Frieda war gegen die Kerze. Alma sagte, es wäre im Sinn ihrer Mamma. Und Frieda hätte die Kerzen von sich aus gekauft.

Noch wurde keine Kerze beansprucht, weder herbeige-
schafft noch thematisch weiterbearbeitet. Sie lasen, geneh-
migten sich Löffelablecken. Wie machen wir zwei das mal?
Mit Sterben? Alma war etwas beschwipst, verkündete feier-
lich glühend: Als du, und du warst wirklich noch zu jung,
mir mit dem blöden Tumor Angst gemacht hast, sagte ich
mir: Mein Schwesterchen soll sterben, ich aber weiterle-
ben? Mich vollfressen und all das? Oh nein, da habt ihr
euch in sämtliche Finger geschnitten. Ich lasse sie nicht
allein weg. Es ist mit dem Himmelreich genau so wie mit
unserem Traumlandspiel in der Kindheit. Wir glaubten
dran, daß es im Traumland schön wäre, viel besser als
irgendwo sonst, aber wir sind Abend für Abend gleichzeitig
aufgesprungen, wir trippelten neben unseren Betten her,
als hätten sie sich schon in Bewegung gesetzt, das Bett war
das Gefährt, und dann gemeinam ab ins Traumland. Nur
bin ich früher eingeschlafen als du, und morgens hast
du dich beschwert, weil ich wieder geschnauft hätte. Geschnauft!

Alma, gewöhnt an Friedas Abbremsen ihrer Höhenflüge,
fuhr fort: Im Himmel ists schöner als hier, nur, hier weiß
man, was man hat. Einschlafen fand ich ja auch schon
immer etwas unheimlich.

Wieder brummte ein Lastwagen den Hang runter, aber es
tat ihr in der feiertäglichen Stille beinah gut. Die Ratten!
Frieda erkundigte sich, ob Alma welche gesehen hätte. Die
fetten Viecher tyrannisierten die kleine Stadt, sie saßen
schon in den Bäumen, vorzugsweise in den Maulbeerbäu-
men, machten sich gefräßig über die roten Früchte her.

Ich bin immer da abgedreht, wo Butler nicht weiter-
wollte, berichtete Alma. Demnach sind sie noch da. Ich bin

mir nicht sicher, weils dämmrig war, aber in unseren Linden sah ich so dicke dunkle Beulen…

Als sie bei mir die Gehirnaufnahmen machten, hatte ich Angst, sie würden sehen, daß ich dumm bin, sagte Frieda.

Ich glaube, alle Gehirne sehen gleich aus… Alma brach ab. Nein, wart mal, wie war das mit den Gehirnen von Geigern? Entweder sind sie größer oder eine Hälfte ists. An der Haustür klingelte jemand in ihr Grübeln hinein. Gehen wir hin? Die Schwestern sahen sich skeptisch an. Die Leute fangen doch jetzt an zu feiern, sagte Alma und ging nachschauen. Jemand, sie tippten auf die Nachbarin Katz, hatte ein mit Nadeln und Sternchen dekoriertes Keramikgefäß in künstlerischer Deformation (als hätte es das falsche Medikament geschluckt) abgestellt, und die Schwestern lüpften neugierig die Serviette, blickten auf Zimtsterne: betreten, dann mußten sie lachen. Butler bemühte sich um einen gelangweilten Ausdruck. Zum Glück sind wir vorerst satt: Es klang wie ein Beschluß. Frieda, die verunstaltete Schale in der Hand, humpelte in die Küche, Butler trottete hinterher, mit wenig Hoffnung, doch man wußte nie. Und dann schlug Alma vor, in die Kirche zu gehen. Ihh! machte sie, weil wieder ein Lastwagen hügelabwärts donnerte. Es wird nochmal einer aufs Haus prallen. Mittenreinpreschen. Neulich im Ruhrgebiet hat ein Fahrer aus Versehen mit seiner Jacke die Bremse gelöst. Das war der, der rückwärts ins Haus gerollt ist, sagte Frieda, die dann vorlas: Thomas Mann konnte nur zweimal pro Woche, na du weißt schon.

Werd bloß nicht ordinär. Alma kicherte. Weißt du, daß ich damals fürchtete, wenn du stirbst, bringst du mich noch so weit, daß ich die gute alte Mamma trösten muß. Ich sagte mir: Das machst du nicht mit. Sie blätterte in *Liebe auf den*

125

*letzten Blick* zwei Seiten zurück. Ich kann mich schlecht konzentrieren, Frieda.

Nur zweimal pro Woche aufs Klo, ich meine richtig, Thomas Mann. Ich sags dir immer, es muß nicht jeden Tag sein. Frieda gähnte. Beim letzten Mal hat der Pfarrer von nichts als Umweltschutz geredet.

Und an Weihnachten würde er die Heilige Familie zu Asylbewerbern machen und in Abschiebehaft stecken, sie kämen aus einem sicheren Drittland oder irgendsowas.

Wir könnten ebensogut ein paar Volkshochschulkurse belegen. Peng! machte Frieda, und bei Butler kam es zu einem kurzen beleidigten Bellen. Er nahm ihr die verweigerten Zimtsterne übel. Peng! So ein Lastwagen in die Ranch, und es würde uns beide auf einen Schlag erwischen.

»Oh Heiland reiß/die Himmel auf«, sang Alma. In der Kindheit war das jetzt die geheimnisvollste Zeit für uns, Frieda.

Und originell ists auch nicht mehr sehr, was wir machen. Übrigens, ich hätte was für dich.

Ich auch. Ich hätte auch was für dich.

Wirklich, Weihnachtsboykott ist überhaupt nicht mehr originell.

Eine Zeitlang lasen sie, aber eine merkte von der andern, wie wenig sie bei der Sache war. Ratten hockten in den Bäumen, andere Leute beugten sich jetzt der Routineanstrengung des Datums mit Hin- und Herschenken und zu viel Essen und Gemütsaufwand, und darum beneideten sie wahrlich keinen, aber irgendwas störte den Genuß beim Sichraushalten.

Aus dem Lukas-Evangelium muß ein Pfarrer ja eigentlich doch vorlesen, sagte Alma. Auch wenn er nachher Jesus Christus zum Kurden-Baby macht und Joseph Mitglied der PKK sein läßt.

Mit Jesus als Baby hab ich sowieso meine Probleme, sagte Frieda. Gott und Windeln, ich weiß nicht recht.

Alma kannte und teilte ihre Bedenken und sie fragten sich, ob sie vielleicht konvertieren sollten. Beide verwarfen den Gedanken. Es wäre ihrem reformierten Vater nicht recht, fand Frieda. Schließlich stammen wir von Ketzern ab, Alma.

Aber er bekäme nichts davon mit, Frieda. Zu ihrem großen Glück sind die Toten von jeglicher Teilnahme an uns Überlebenden befreit. Sonst wärs nicht schön genug im Himmelreich. Nicht wirklich. Nicht sorglos. Denk an den netten, ungefährlichen, unauffindbaren Gott!

Liebe auf den letzten Blick, ists das? Paßt dein Romantitel zu dem, was nach dem Tod ist?

Vom ersten bis zum letzten Blick, so müßte es sein.

Aufspringen, aufspringen! rief Frieda. Unser Gefährt ins Traumland, Alma, spring auf! Komm! Sie blätterte sich auf eine Seite mit den neusten Frisuren fürs kommende Frühjahr.

Aber wenigstens Butler sollte sein Geschenk haben. Er ist dran gewöhnt. Alma stand auf, vor der Küche machte sie beim herannahenden Lastwagengeschepper halt, lief zu Frieda zurück. Wenn der Lastwagen ins Haus prallte, dann ins Erkerzimmer, und es sollte sie doch unter allen Umständen gemeinsam erwischen. Ein bißchen schade wars um die Zimtsterne und ihre kleinen Geschenke, aber zu Weihnachten würde es passen.

127

## Ein starkes Stück

Na gut, okay, okay, wie du willst. Indra klang feindselig, und
Kilian schien nichts mehr einzufallen. Um wenigstens
irgendwas zu sagen, das von der Sache ablenkte, fragte ich:
Ist der links außen neu? Ich glaubte nicht, daß ein achter
oder zehnter grinsender Fettwanst die Buddha-Sammlung
im Bücherregal erweiterte, es war mir auch egal, und der
Buddha war nicht neu.

Ich habe eine Menge Freunde, aber die Messermanns
sind meine ältesten, ob sie deshalb meine besten sind, weiß
ich nicht, aber die Langjährigkeit bringt doch eine Son-
derstellung mit sich. Obwohl mich, seit Indras Metamorphose, ihre Vergeßlichkeit reizt. Dann sage ich manchmal
so etwas Enigmatisches wie: Zum Glück habe ich Gott und
meine Medikamente. Klingt halbwegs verrückt, das würde
jeder denken, der mein Problem nicht kennt, aber die Messermanns müßten wissen, worauf ich anspiele. Doch entweder reagieren sie überhaupt nicht, oder Indra maltraitiert
meine Nerven, indem sie meine Sorgen mit ihren Sorgen
in einen Topf wirft: Entweder sinds ihre Obdachlosen oder

ihre abgeschobenen Asylbewerber oder HIV-Positive, und weil sich kein Gott bei denen blicken lasse, seis deren einziges Glück, Indra und ein paar andere Leute ihres Schlags zu haben.

Kommt vor, daß Kilian mir beisteht: Hör mal, Indra, deine Freundin meint, bei ihr ists der leibliche Bruder, der Kummer und Angst und traurig macht. Indra kann keinen Unterschied erkennen oder will nicht, obwohl… Nach ihrer Wandlung kann sie wahrscheinlich wirklich nicht mehr, strapaziert mich mit schönen Sprüchen nach der Art Wir-sind-doch-alle-Brüder-oder-nicht? Aber lang kann ich den Messermanns, weil ich auch Indra als Einheit mit Kilian sehe, nichts übelnehmen, als Ablenkung machen sie mich auch neugierig, und zufällig war ich an dem bewußten Abend bei ihnen.

Sie hatten die knifflige Besprechung, wie in diesem Jahr Weihnachten ablaufen sollte, und versuchten, sich nicht zu streiten. Und Indra, sie wußte, diesmal war sie wirklich dran, hatte gerade nachgegeben, als ich meine Idee bekam. Eine Lehre, auch noch als Scherz verpackt, könnte ihr nicht schaden. Mit der Idee würde ich natürlich erst rausrücken, wenn sie endlich nach den Highballs in die Küche verschwände und ich allein mit Kilian wäre, doch dann schien mir, wer weiß, wie bald sie zurückkäme, die Zeit dafür zu knapp, es roch schon etwas dumpf brandig, ein bißchen nach Herbstfeuer auf einem Kartoffelacker.

Indra hatte wieder politisch gekocht, für Gäste macht sie das immer, und diesmal tippte ich auf kambodschanisch, weil alles so dunkel aussah, und fast schwarz wars schon mal und damals kambodschanisch, aber sie deklarierte ihr Gericht als albanisch. Demnach brutzelte zur Zeit in Albanien

ein empörendes Übel auf dem Krisenherd. Mit ihren Mahlzeiten appelliert Indra an die aktuellen Probleme auf unserem Globus, und wenn jemand »Toll, schmeckt interessant«, lobt, ehrlich oder höflich, erschreckt sie ihre
Tischrunde: Ich vergesse die armen Teufel in XYZ nicht,
also machts auch so, trotzdem guten Appetit. Irgendwann
mal hatte ich gewitzelt: Pech, daß sich mit all diesen afrika-
nischen Bürgerkriegs- und Hungerstaaten küchenmäßig
nicht viel anfangen läßt. Als älteste und vielleicht beste
Freundin kann ich mir kleine Sticheleien leisten. Kilian jedoch kanns nicht. Obwohl er mit Indra noch einige Jahre
länger zusammen ist. Ein Ehemann in der Rolle des Freun-
des kann nie das gleiche sein wie jemand, der ausschließlich
Freund ist und nie in anderen Rollen. Zu meiner Mini-Bos-
heit hatte Indra bloß gefeixt, als aber Kilian lästerte, sie
könnte ja eine Uno-Hilfstruppen-Suppe auf den Tisch stellen, hat sie ihn kalt strafend angeblickt und ihm mit unauf-
getauter Stimme geraten: Besser, du läßt die Ironie, bevor
du nicht weißt was Hunger ist.

Was ich schon gar nicht bin, das ist chronisch aussöh-
nend, so etwas wie ein guter Mensch. Nur ungern Zeuge,
wenn Leute sich vor andern bloßstellen, und die Messermanns waren im Begriff, genau das zu tun: Indra mit ihrem
Abonnement auf bierernste Engagiertheit, Kilian als ihr
Mann, der seine Position nicht energisch verteidigt und damit den Anschein eines Pantoffelhelden und von Indras Ei-
fer Geknechteten erweckt, und in solchen Konfrontationen
macht einer den andern lächerlich.

Indras karitativer, auch beleidigter Seufzer zensierte Kilian streng und bauschte ihren edelmütigen Verzicht um
seinetwillen phonetisch auf. Er sollte mitkriegen, was für

ein Ignorant und wie reaktionär er war, vom Standpunkt aufgeschlossener Menschen aus betrachtet. Und furchtbar egoistisch. Noch ein solcher Frachtgutseufzer, bevor sie sagte: Dann ists eben mein diesjähriges Weihnachtsgeschenk, daß wir unter uns sind. Und wir werden ganz gewaltig unter uns sein. Ich erinnere dich daran, daß es das erste Weihnachten ohne die Kids ist.

Gewaltig unter uns: klang ziemlich nach Drohung. Die Kids: Das sind die Zwillinge, und Kilian mags nicht, wenn sie Kids sagt, aber »Sprich deutsch« wird er in seinem ganzen Leben nicht mehr über die Lippen bringen. So was macht man einmal und nie wieder. Kilian erzählte mir, Indra habe ihm Deutschtümelei vorgeworfen, und es gab Streit, weil der Vorwurf total danebenging und sie das weiß und sich ertappt fühlte, denn für einen hellsichtigen Moment kapierte sie das albern Affektierte, eigentlich Armselige ihrer Imitationssprache und Angepaßte, sie war nicht mehr im Alter dafür.

Über die Bitte der Zwillinge, ausnahmsweise zusammen mit Freunden zu feiern, grämte nur Indra sich, Kilian erleichterte sie. Es würde romantisch und hoffentlich stürmisch irgendwo an der holländischen Küste, einmalige Gelegenheit, und er war sofort dafür. Als Kinder waren die zwei so angenehm und ausgeglichen gewesen und getreulich hinter ihm hergedackelt, und Kilian war der Boß beim Spielen mit Pits Eisenbahn und in Beas Kaufladen Filialleiter. Kilian verstand nicht, wie es dazu hatte kommen können, daß aus seinen gläubigsten Verehrern Kühle verströmende junge Leute, beinah Fremdlinge geworden waren. Immer schienen sie sich über alles und jedes ironisch zu mokieren: auch mein Eindruck. Zu Besuchen bei den Eltern lassen sie sich wie zu Gnadenakten herab, jedoch nicht mißmutig, sie wirken belustigt, was Kilian aber unangenehmer findet, weil er sich inklusive Indra wie ein mäßig interessantes skurriles und antikes Exponat im Historischen Museum vorkommt.

So offen schildert er seine gemischten Gefühle mir. Indra gegenüber geht er in Deckung, läßt nur Marginales heraus, denn alles muß kein Mensch vom andern wissen, und trotzdem, dann schmettert Indra mit unausrottbarem Optimismus zurück: Mein armer Paranoiker! Sei doch einfach stolz auf sie, genieße deine Kinder! Wahrscheinlich denkt sie dabei an die Naturlocken der Kinder (aber die haben sie längst abrasiert, was Kilian besonders bei Bea jedesmal wieder wie ein Schmerz trifft, sie muß doch frieren im Winter, oder? fragt er mich). Diese von ihrer Brut verschmähten Naturlocken beansprucht Indra als ihren glanzvollen Beitrag zum Vererbungsgeschehen, gleichzeitig beschwört sie die zu spitzen Nasen und schwach ausgeprägten Kinnpartien herauf, die Kilian ihnen vermacht hat.

Wenn außer mir noch andere Freunde da sind, erzählt Indra mit oder ohne Berechtigung stolz Neuigkeiten von den Zwillingen, guten Noten bei irgendwelchen Tests (sie studieren das Naheliegende und was im Trend ist, Psychologie plus Sozialem und Pädagogischem), und kein Mensch außer ihrer Mutter findet Erstsemester aufregend, nicht mal Jobs bei der Post oder der Messe AG und daß sie beide Gedichte schreiben. Indra ruft nach Kilians Ansicht zu oft bei ihnen an, sein Urteil stimmt gewiß mit dem der zwei überein, und wenn er sich dazu überwindet, die Nummer ihrer WG-Behausung zu wählen, klingen schon die Vermittlungen der Freunde nicht euphorisch, er sagt zu mir:

Kann sein, daß es einfach ihre Art zu sprechen ist. Es hört sich alles nach großer Müdigkeit oder verdorbenem Magen an. Die reden alle so, scheint Mode zu sein, möglichst wenig und das sehr leise, tröste ich dann und muß an meinen Bruder denken, der viel redet und laut und nicht wie im Halbschlaf, sondern exaltiert und der überhaupt nicht zu seinen jungen Altersgenossen paßt, nicht einmal zu den wie er selbst Ausgeflippten.

Schmeckts denn? fragte Indra mit immer noch beleidigtem Ausdruck im naturlockig eingerahmten runden Gesicht. Es schmeckt, sagte ich. Kilian würde wahrscheinlich nicht antworten. In Indras dunklem Machwerk stocherte er lustlos herum. Um es beiden recht zu machen, und das hieß jetzt: Indra zu irritieren und Kilian zu erheitern, machte ich weiter: Mich wundert allerdings, daß man bei albanischem Essen nachwürzen muß. Von allem da unten, denk ich, es müßte scharf sein.

Es »ist« scharf, entschied Indra. Oder du hast ein Problem mit deinen Geschmacksnerven. Kilian grinste und streckte den Arm aus als nächster Anwärter auf die israelische Pfeffermühle, an der gerade ich noch drehte. Ich weiß nicht, was ich zu Weihnachten mache, ich meine, was ich ich koche, sagte Indra.

Warte die politischen Ereignisse ab, riet Kilian.

Für die Kids hätte ichs gewußt, es wäre tschetschenisch gewesen wie voriges Jahr, die Wogen haben sich da noch immer nicht geglättet. Indra seufzte, aus Mitleid mit den Rebellen und sich selber.

Deine sogenannten Kids essen am allerliebsten irgendwas Pappiges, Schnelles von McDonald's, knurrte Kilian. Wahrscheinlich merkte Indra es nicht, aber ich spürte, wie sich, der ungeliebten albanischen Küche zum Trotz, seine Stimmung hob.

So etwa ab da und angestachelt von Indras bösartigem Einfall fürs Dessert (nichts weniger Uninteressantes als Obst pur, und das sah auch noch nach Bio-Anbau aus, mit Dellen und wurmstichig) bekam ich meine Idee. Mir fiel Jessica ein, meine Kollegin im Vertrieb, mit der ich befreundet bin. Jessica sieht verdammt gut aus, und sie sagt nie nein zu Kicks aller Art, und ich hoffte, sie müßte an Weihnachten nicht mit ihren Verwandten feiern, wenigstens nicht am 24., und während ich einen blöden Apfel schälte, entschied ich: Indra braucht eine Lehre. Indra heißt Indra, seit sie, um im immer glaubwürdigeren Outfit ihrer Identität für die multikulturelle Gesellschaft und was sonst gerade so anliegt, auf die Barrikaden zu steigen, die Anfangsbuchstaben von Vor- und Nachnamen der Inge Drawert, die sie genealogisch als Mädchen war, via Zusammenziehen zu internationalisieren. Kilian kann nicht mehr zurückdatieren, von wann an die einstmals überhaupt nicht anstrengende, vergnügt umgängliche Person, seine Frau, sich politisiert und damit für ihn zum Problem gemacht hat. Sie war auch für mich geradezu erholsam, als Inge. Ich will gerecht sein. Selbst als Indra legt sie noch streßfreie Pausen ein, sie ist dann herzlich und hilfsbereit und lacht, ganz wie vor der Katharsis, und sie backt einen vollkommen unpolitischen Apfelkuchen auf dünnem Mürbteig mit drübergestreuten Pinienkernen, packt Rahm Chantilly drauf, ohne vom Hunger in der Dritten Welt zu reden – also wirklich, alles angenehm mit ihr in solchen Zonen der alten Inge-Privatheit.

Dann aber genügt ein Ferienaufenthalt der »Kids«, es

müssen gar keine Anti-Atom-Gegner oder HIV-Positive sein, und sie verkrampft sich in Fraternisierungsübereifer. Nach ihrer Überzeugung versteht sie sich wie von gleich zu gleich mit den »Kids«. Kilian urteilt oft hart: Scheuklappen hat sie sich zugelegt, sie hat einen kleinen Vorrat davon, wie Modeartikel im Kleiderschrank. Beim besten Willen (haben wir den?) erkennen wir beide keine Anzeichen von Begeisterung der Zwillinge für die Solidarisierungsmühen ihrer Mutter.

Ich war damals dabei, soviel ich mich erinnere, hatte Indra ein paar Leute zu einem Überlebenstrainings-Frühstück eingeladen und nach ihrer hoheitsvollen Erklärung plötzlich introvertiert wie ein Mensch mit Verdauungsproblemen ausgesehen; möglich, daß sie sich in diesem Moment an den letzten Weihnachtsgast erinnerte, einen sechzehnjährigen Fund vom Drogenumschlagplatz Roter Turm, dem ihr »Frauen-tun-was-Club Offene Herberge« zu einem Methadon-Programm verholfen hatte. In der Weihnachtszeit startete der Club die Aktion »Weihnachten für die Ausgegrenzten«, jede im Club lud seinem Familienkreis einen dieser armen Teufel auf, und mit dem taumeligen Burschen war Indra, so dachte sie spätestens, als er auf der Besucher-Toilette zusammensackte, doch etwas zu weit gegangen. Die Zwillinge hatten ihrer Mutter in der Küche assistiert (ich auch) und mit Anzeichen des Ekels darüber getuschelt, es sei möglich, daß man sich bei Knaben dieser Art Gräßliches einfangen könnte.

Indra, auch Gründungsmitglied einer Hilfsorganisation zur Unterstützung von männlichen und weiblichen Homos, konnte bei einem Junkie nicht gut kneifen. Aufgetaucht aus ihrer trüben Versunkenheit, hat sie uns beim Überlebenstrainings-Frühstück mit einem »Greift doch zu, haut rein!«-Zuruf Mut machen wollen und dann von Bruno Combys kulinarischem Ratgeber »Köstliche Insekten« vorgeschwärmt, danach kam der US-Pilot Scott O'Grady wieder dran: Also der Ausstieg mit dem Schleudersitz, ich glaub über Bosnien, war ja noch Routine, aber als seine Notration aufgebraucht war, ernährte er sich von Regenwasser und Insekten. Sie lernen das bei ihrer Ausbildung. Bedenkt nur: 100 Gramm afrikanische Insekten enthalten 38 Gramm Eiweiß, 100 Gramm Frikadelle nur 21 Gramm! Und Kilian sagte so was Ähnliches wie: Überleben kann eine verdammt eklige Angelegenheit sein.

Indra belehrte uns, und wir erfuhren, daß wir in eingefahrenen Mechanismen empfänden und daß Wespenlarven nach Mandeln schmecken und Riesenwasserwanzen wie Gorgonzola oder umgekehrt, was für ein Leckerbissen die Küchenschabe ist, der Mistkäfer aber wenig verträglich. Sie bringt es fertig, daß man ihr wirklich manchmal die Pest an den Hals wünscht. Und die Erleichterung am Frühstückstisch ist damals matt, die Heiterkeit gedämpft ausgefallen, als Indra uns aufklärte: War ja nur ein Test. Das da ist mit Hagebutten- und Quittenmus zusammengemanscht, und dort in dem Töpfchen habe ich falschen Kaviar mit Sardellenpaste verrührt...

Beim albanischen Abendessen hielten Kilian und ich uns an dänisches Bier, anschließend gabs australischen Zinfandel, denn zu ihrem Kummer (es war ein Stilbruch) hatte Indra kein albanisches Getränk auftreiben können. Dem Himmel und dem Export-Import-Handel sei Dank, kommentierte Kilian, und Indra sagte zu mir: Seit ich multikulturell mitmische, und ich kann dir verraten, im Engagement für unsere ausländischen Mitbürger liegt unsere einzige Chance, verstehe ich da keinen Spaß mehr. Immer wieder predige ich Kilian und ähnlich Indifferenten: Wir sind alle eine große Familie, und das ist noch das Beste an der Globalisierung, weil wir einer vom anderen lernen und dabei profitieren, kulturell, und das schließt Religionen, Sitten, Traditionen und, und, und ein ... Und es ist, wenn ihr schon nicht ideell begreift, auch rein praktisch gesehen Kontraproduktiv, Fremdes auszugrenzen.

Seit Indra sich politisiert hat, kann das endlos so weitergehen, und sie erzählt gern jetzt wieder, wie lustig vor zwei Jahren ein ziemlich islamistisch-fundamentalistisch eingestelltes Moslem-Ehepaar deutsche bunte Glaskugeln, deutsches Lametta und sonstige Gehänge am deutschen Tannenbaum fand. Damit zauberte sie auf Kilians abgekapseltes Gesicht den erleichterten Ausdruck von vorhin, als sie sich dazu durchgerungen hatte, ihm zuliebe in diesem Jahr alle ihre vereinsamten, hochinteressanten Weihnachtsgäste zu entbehren, die sie ihm und den Zwillingen seit ihrer Metamorphose angeschleppt hatte. Mit einem GI begann ihr Tick (lange vor Club-Zeiten), und als sie später als politischer Schmetterling aus der Verpuppung geschlüpft war, mußte es gleich eine ganze kurdische Familie mit Kind und Kegel und Großmutter sein, die bei den Messermanns anrückte. Äußerliche Verwandlung infolge von Indras innerlicher Verabschiedung der goldblonden Inge: Sie trägt weite grobmaschige Pullover, breite Unisex-Jeans, aber auch getigerte Leggings, und die Naturlocken braun-naturell, was mir, nicht Kilian, besser gefällt. Mir, weil sie mich damit an eines ihrer Kinderphotos erinnert. Auf dem lächelt sie wie jetzt auch noch manchmal, ein spezielles Lächeln:

Ehe es voll aufscheint, zieht sie es wieder in sich hinein. Ich vermute, das Zurückziehen des Lächelns hängt mit der Analyse zusammen, die sie seit sieben Jahren bei einem Jungianer mitmacht. Aufgewühlt von der einen Stunde pro Woche vis-à-vis vom Analytiker, beschäftigt sie sich ausgiebig mit sich und muß seitdem an ein schweres Mutter-Trauma glauben. Der Psychotyp heißt bei ihr Moffi.

Für mich wars jedesmal anregend, und ein gutes Werk haben wir auch noch getan. Indra spielte wieder auf ihren Weihnachtsverzicht an und wollte wehmütig-aufopfernd klingen und endlich Anerkennung einheimsen. Klar, sie war immer noch beleidigt. Und zu diesem Zeitpunkt »hatte« ich meine Idee, sie war über den Reifeprozeß hinaus. Den Strichjungen voriges Mal fand ich besonders eklig, sagte Kilian und goß uns Zinfandel nach. Er hatte aus der Küche eine Tüte mit Tacos geholt: Albanien war weit weg.

Er war kein Strichjunge, protestierte Indra, und es ist sehr schade, daß du dich niemals nach ihm erkundigt hast. Er ist voll im Methadon-Programm und hat eine Lehre, ich glaub Mechaniker, angefangen und man soll mit ihm zufrieden sein. Sie seufzte und setzte hoch an: Sind wir nicht alle Brüder? In diesem Augenblick, aufgeschreckt, als lausche sie ihrer Frage hinterher, zog Indras rundes Gesicht sich zusammen, irgendwo in ihrem Gehirn vergaß die zuständige Zelle den Befehl an die rechte Hand und leitete den Taco-Chip zwischen den Fingern nicht weiter bis zu Indras Mund. Sie fragte etwas gelähmt: Wie gehts überhaupt deinem Bruder zur Zeit?

Ihr Samariterausdruck mit überschrittenem Haltbarkeitsdatum gestaltete immerhin doch die Selbstanklage: Zu spät dran gedacht. Aber ein Mensch mit Alkoholproblemen bringt Indra nun mal keinen Kick, sie sagt: Alkoholiker finde ich nicht spannend. Und Moffi behandelt Alkoholiker nicht. Noch weniger mag er diese Schmerztablettenfresserinnen, ja, meistens sinds Frauen. Moffi sagt, die Alk-Kundschaft ist wenigstens ehrlich, sie müssens ja wohl oder übel sein. Besoffenheit kann man nicht gut tarnen und so, aber die Tablettenleute sind Heimlichtuer.

Es geht ihm ganz gut. Kilian wußte, daß ich log, und sah nicht erstaunt aus. Ich war zufrieden und unglücklich und dachte: Ich verrate dich nicht, Bruder, nicht an die verkehrten Adressaten. Gleichzeitig verlangte es mich, jemandem, der der Richtige wäre, anzuvertrauen: Was kann man tun? Mein Bruder kriegt keinen Bissen runter, er ist nur noch eine Drittelportion seiner selbst und bewegt sich komisch.

Statt dessen werfe ich mitten in eine Unterhaltung über ganz anderes einen Satz wie den schon einmal zitierten ein, und der klingt dann halb verrückt, jedenfalls als Skurrilität nicht weiter ernst zu nehmen, so soll er klingen: Zum Glück habe ich Gott und meine Medikamente. Obwohl ich immer denke: Jemand wird sich doch wundern und nachhaken und »Was soll denn das heißen?« fragen. Aber nichts geschieht. Ist vielleicht auch besser so. Mit dem ab und zu doch herbeigewünschten Anvertrauen habe ich noch keine einzige gute Erfahrung gemacht.

Inzwischen war Indra gut über den kleinen Schock hinweggekommen, sie knabberte Taco-Chips, weil auch sie sich von ihrem albanischen Gericht, diesem Gerichts-Termin, gründlich erholen mußte, und sagte ein bißchen feucht und kauend: Ich würde ihn ja zu Weihnachten einladen, und sogar Kilian hätte dagegen bestimmt nichts, gegen den

Bruder seiner Favoritin unter all unseren Freundinnen, nur, er hat bisher immer abgesagt...

Er würde nicht kommen. Ich haßte den Gedanken, Indra könnte meinen Bruder in ihrer Klientel aufnehmen, aus Barmherzigkeit und Freundschaft zu mir und obwohl er nicht »spannend« war, deshalb log ich ihm eine Menge Gesellschaft an und daß er garantiert längst was anderes vorhabe. Sofort danach programmierte ich mich aufs Vergessen (mein Bruder) und meine Idee (Jessica), und so überstand ich den Abend und bin ziemlich früh aufgebrochen.

Schon am nächsten Tag weihte ich Kilian ein. Wir verbringen oft die Mittagspause zusammen bei »Da Luigi« oder, wie diesmal, im Bistro »Black Box«, und während Kilian seine Zimtrolle bearbeitete, erheiterte er sich zunehmend. Stimmt, ja, ich erinnere mich, sie saß mal bei uns am Tisch, deine Jessica. Stimmt auch, daß sie wie ein Model der Spitzenklasse aussieht.

Ich spürte einen kleinen Stich und sagte etwas säuerlich: Nur ein paar Nummern zu alt, nicht wirklich alt, für unsere Zwecke ideal. Neigt Indra eigentlich zu Eifersucht? fragte ich mich und hoffte: ja. Möglich, daß ihre sozialpolitische Samariterisierung bei ihr die Nervenstränge durchtrennt hatte, die normale Reaktionen von Frauen auf Frauen entfesseln. Jede emotional übliche Frau, sagte ich zu Kilian, empfindet als allererstes Neid und Abwehr gegenüber einer sehr attraktiven Frau. Indra wird ein Problem kriegen: Sie muß Rührung über dich und Feindschaft für Jessica unter einen Hut bekommen. Ganz schön gemischte Gefühle: Du hast ihr also doch jemand zu Weihnachten offeriert, und der paßt sogar in ihre Sorgenkinderkundschaft, du verzichtest großmütig aufs Wir-werden-unter-uns-sein, und sie muß Eifersucht verdrängen und froh sein, daß es doch ein Weihnachten mit Gutem-Werk-Tun wird.

Hm. Kilian putzte mit dem letzten Bissen Zimtrolle seinen bräunlich-weiß-sahnig verschmierten Teller blank. Und deine Jessica, du meinst, sie wäre dazu bereit?

Hab ich dirs nicht gesagt, sie ist für jeden Kick zu haben. Eine wie sie macht mit, übrigens wollte sie früher Schauspielerin werden und hat ein bißchen Talent.

Bis zum Abend hat weit draußen an meinem rechten Mundwinkel, wohin Kilians Abschiedskuß runtergerutscht war und meine Zungenspitze gerade noch kam, die Haut nach Zimtrolle geschmeckt. Seltsam, mich überfiel eine Vorahnung davon, daß mit diesem schnellen, abgeglittenen Kuß zum ersten, aber auch zum letzten Mal die nächste Nähe von Kilians und meinen Lippen erreicht war, näher ginge es nicht. Jessicas Engagement war ein Kinderspiel, sie konnte gut umdisponieren. »Ich mach den Job«, sagte sie.

Sie würde die feuerrote Perücke aufsetzen. Welches Outfit sonst? Sie hörte sich angesäuselt an, das kam aber vielleicht vom Kick, den schon der Plan auslöste. Tiefstes Dekolleté, schärfte ich ihr ein.

Und? Wie wars? Wenn Jessica nicht angerufen hätte, ich wäre bestimmt nicht mehr neugierig aufs Theaterspiel bei den Messermanns gewesen: zu viel Telephon-Hin-und-Her mit meinem Bruder. Kilian würde mir telephonisch zum ersten indrafreien Zeitpunkt nach Weihnachten berichten, wenn sie mit ihrem Club von einer Problemgruppe zur anderen pilgert.

Hat Spaß gemacht, ist großartig gelaufen, erfuhr ich, und ich lobte, der Umstände halber, etwas matt Jessica für ihren selbständigen Einfall, sich gegen elf von einem ihrer dafür am besten geeigneten Freunde abholen zu lassen. Prima, sagte ich, und während sie weiterredete, merkte ich, daß mirs nicht mehr nur halb schlecht war, jetzt wars mir kotzübel, und Jessica hörte und hörte nicht auf: …wahrhaftig, ich entdeckte, als Harry da aufgeputzt und in seinen zu engen Jeans unterm Bauch, enges Hemd, weißt du, im Zimmer rumstand, daß er tatsächlich was von einem Zuhälter hat. Er sah total echt aus, diese mildtätige Indra hats ihm garantiert abgenommen, genau so wie mir die Edelnutte. Jessica lachte. Fast alarmierend, oder? Und mit Eifersucht war überhaupt nichts. Sie war unentwegt nett und mitfühlend, und ich glaub wirklich, die ist nicht ganz richtig vor lauter Wohltäterei plus Helfer-Syndrom und Tugend-Pflicht-Bla-bla…

…aber kaum hatten wir die Tür hinter dem Pärchen und dem Nachthimmel mit einem Mond wie ein halbgeschmolzener Danish-Blue-Käse zugemacht und Indra hat deine schöne Freundin noch mal dran erinnert, an welche Adresse sie sich notfalls jederzeit wenden kann, kaum war die Tür zu, da hat sie gegähnt und »War lieb von dir, Kilian« geseufzt (Kilian probierte eine Fistelstimme), »aber eine Prostituierte hatten wir doch schon mal«, in welchem Jahr wußte sie nicht gleich und sagte dann »Na egal«, wir hätten damals sogar zwei davon gehabt. Kilians Beobachtung stimmte mit Jessicas überein: Nein, kein Fitzelchen Eifersucht bei Indra, obwohl Jessica mehr als sehr berauschend ausgesehen habe.

Dann hattest wenigstens doch auch du was davon, sagte ich.

Hält sich in Grenzen. Kilian hörte sich leicht beeinträchtigt an. Ihr beide kamt auf eure Kosten. Ich weiß auch nicht, warum ich darauf bestand, und Kilian wiederholte: Hält sich in Grenzen, und von diesem Moment an fühlte ich mich komisch, isoliert oder so etwas. Es war nicht, alles in allem, was ich davon erwartet hatte. Plötzlich, keine Ahnung, warum, wollte ich beide Messermanns strafen – oder wie ich das nennen soll. Älteste Freunde, schön und gut, wahrscheinlich sind sie die besten, aber mir auf den Nerven rumtrampeln, das tun sie wirklich zu oft, neuerdings auch Kilian, falls ichs nicht neuerdings erst merke.

In diesem Augenblick, als mir aufging, daß wir exklusiv, als wäre im gesamten Kosmos nichts so sensationell wie die Messermanns, absolut nichtiges dummes Zeug, Klatsch und Tratsch austauschten, ging Kilian mir nicht mehr einfach bloß auf den Geist, das jetzt war schlimmer, nämlich Kränkung. Zählt doppelt bei einem, an den man diffuse schöne Erwartungen knüpfte und der sich während der unbedeutenden Dialoge kein einziges Mal erkundigt hat, wie mein Weihnachten war. Was genauso viel heißt wie: Er hat sich nicht nach meinem Bruder erkundigt. Bei Indra hätte mir das nichts ausgemacht, weil sie nur drittelinformiert war, Kilian aber voll eingeweiht.

Leider bin ich ein höflicher Mensch, demzufolge oft nicht ehrlich, und so hatte ich, trotz meiner Verstimmtheit, noch ein bißchen dies und das gefragt, bis mir nichts mehr einfiel, und von da an stellte Kilian die Fragen. Bevor ich auf meine kleine Straf- und Racheaktion komme. Habe ich die Messermanns immer zu sehr verwöhnt? Sie ins Zentrum gerückt? So wurde es für sie ganz selbstverständlich, deshalb fühlen sie sich unschuldig und sind es auch. Warum beschwere ich mich? Ich bin ja nicht der Typ fürs Anvertrauen, der vom Über-sich-selber-Reden profitiert. Gekränkt war ich trotzdem. Sogar Kilian muß ich von jetzt an beschwindeln, bei leichtem Heimweh an bessere Zeiten mit ihm ohne Gewissensnot. Heimweh, weil ich mir, seit Indra das Hemd gewechselt und sich ideologisiert hat, von Kilians Mißvergnügen an der gewendeten Ehefrau versprochen habe, es würde mehr für mich herausspringen.

Ich mußte an einen Spuren erschnüffelnden Hund denken, als Kilian ermittlerhaft fragte: Stimmt das? Was du Indra heut morgen gesagt hast? Über die Zwillinge, daß du sie in der Stadt gesehen hast? Es stimmt.

Als müßte ich einen Moment überlegen, sagte ich: Wart mal, ah ja, richtig, es war am 24., kurz vor Ladenschluß. Aus dem Karree beim »Big Mac« quoll ein Grüppchen Jugendlicher raus… Es stimmte nicht, und ich schmückte meine Bestrafungsphantasie noch gründlicher als für die Indra zugedachte Schocktherapie aus: …und erst, als eure Zwillinge alle beide, Bea tats und Pit auch, als sie die Zeigefinger vor die Lippen hielten, du verstehst, wie um mich auf »Nichtweitersagen« einzuschwören, erst da fiel mir ein, daß sie ja angeblich mit Freunden in Holland waren, romantisch und bei Sturm… Ich lachte. Aber schließlich haben sie euch die Freunde nicht vorgemogelt, tröstete ich, lachte wieder, als wärs wirklich komisch. Freunde noch und noch um sie herum, Kilian.

Hast du Besuch? fragte Kilian. Seiner Stimme merkte ich den Trübsinn des gekränkten Vaters an. Wenn er noch so wenig die ironischen Fremdlinge vermißte, seine Kinder waren sie nun mal.

Ja, sagte ich, es ist ein Pfarrer im Zimmer. Der Pfarrer, den ich mir als Kontrastprogramm auf den Bildschirm gezappt hatte, schloß mit den Worten »... und Friede auf Erden und den Menschen ein Wohlgefallen«.

Er sah nicht überzeugt aus. Er und ich, wir beide wußten, daß die Prophezeihung ein frommer Wunsch ist, solang die Erde von Kreaturen bewohnt wird. Wohlgefallen den Menschen? Haben sie das überhaupt verdient? Mich eingeschlossen, die Mehrheit: Nein.

Nimms nicht so schwer, sagte ich zu Kilian, wir waren auch mal jung. Manchmal stimmt die blödeste Banalität. Ich lachte. Wirklich, du solltest es nicht so schwernehmen.

Mach ich ja nicht. Aber ein starkes Stück bleibts doch. Kilian rang sich dann ein dem Lachen kaum ähnliches Geräusch ab, und wir sagten »Machs gut« und »Machs besser« und all das Übliche.

Ein schlechtes Gewissen habe ich nicht gehabt. Erst später, als ich meinen Bruder mit »Tut mir leid, keine Zeit« abwies. Aber ich bin jemand, der sich rehabilitieren kann, mittels Selbstgespräch und ein paar Dialogen durchs Zimmer, Jesus Christus war auch allein, Bruder. Ich stellte ihn mir plötzlich wie dich vor. Zum Glück habe ich Gott und meine Medikamente.

## Floras Weihnachten

Weihnachten kommt zu oft. Flora seufzte tiefgründig und durchdrungen von der Absicht, bösartig auf ihn zu wirken.

Er sagte nur: Bekannt.

Ostern, begann Flora, als er ihr ins geplante nächste Wort fiel, indem er sie nachäffte, die Stimme hochschraubte, ihre Stimme war nicht so hoch wie seine Karikatur: Ostern kommt seltener. Danach klang er gutmütig: Schatz, auch die Fortsetzung – bekannt. Alle Jahre wieder. Du bejammerst dein schweres Weihnachtsschicksal seit Jahren.

Alle Jahre wieder, sang Flora, sie machte aus der Melodie ein häßliches Gequäke.

Nimms endlich wie ein erwachsener Mensch, riet er seiner in die Küche wegschlurfenden Frau. Mit dieser halben Million von rosa Pfeilen durchbohrten Lockenwicklern auf ihrem Kopf (von dem blondgetönten Haar war fast nichts zu sehen) erinnerte sie ihn an eine Spezialwaffe, irgendeine Stachelgranate. Er folgte ihr bis zur Schwelle, sie rührte in einem Topf, in dem es wahrscheinlich nichts zu rühren gab. Die Kinder freuen sich drauf, sagte er lahm.

Die Kinder! Die Kinder! Alle über zwanzig, und sie freuen sich nicht die Bohne.

Flora hatte recht, er wußte es, aber ihr Handgranatenkopf war so schrecklich abschußbereit, aus ihm kamen die lästigen häßlichen Tatbestände, und er fühlte die Pflicht, sie abzumildern.

Die Kinder seufzen, da wo sie jetzt sind, genauso wie ich hier. Einziger Weihnachtsvorteil: Sie können sich mal kostenlos vollfressen und gründlich abkassieren.

Eigentlich ist sie nicht der zänkische Typ Ehefrau, sagte er sich. Könnte ja sein, daß ihre Weihnachtsunlust, mehr schon ein Zorn, mit ihrer Arbeit in der Redaktion zusammenhing. Sie stöhnte über eingesandte Weihnachtsgeschichten: Jede dritte Hausfrau auf der Welt schickt ihre Produktion, und es ist immer dasselbe. Zuerst will die Heldin, Ehefrau und Mutter, vor dem Streß mit Geschenken, Backen und so weiter davonlaufen, und dann tut sie es auch, kommt aber nicht weit, irgendwas hat sie plötzlich erleuchtet, sie kehrt um, fügt sich in ihr Los, und es wird das schönste Weihnachten seit Menschengedenken.

Vielleicht packst du es auch mal so wie diese Damen? schlug er vor, weder hörte er sich hoffnungsvoll an, noch war er es. Beim nächsten Intermezzo zu diesem Thema käme ihr Problem mit Jesus Christus als Baby dran. Er regte sich nicht auf, auch in anderen familiären Angelegenheiten hatte er sich einen bekömmlichen Gleichmut zugelegt.

Ich mag ja Babys, wie du weißt. Diesmal war Flora blondlockig. Ihm lag es auf der Zunge, ihren Anblick zu kommentieren: Man könnte dich glatt am Christbaum aufhängen. Oder oben auf die Spitze stecken. Siehst wie ein Rauschgoldengel aus. Fehlt nur noch, daß du dich zu einer lieblichen lächelnden Physiognomie durchringst. Aber besser, er hielt den Mund.

Du weißt, ich mag Babys, ja ich liebe sie, vorausgesetzt, sie sind ein bißchen fett. Ich meine: speckig. Und ich fürchte, Jesus Christus war eher etwas mickrig, wegen der Armut und so. Aber fett oder mickrig, ein Baby anzubeten, überhaupt: zu verehren, also über seine wundervolle, dumme, ergötzliche, winzige, egoistische Babymäßigkeit hinaus … in einem feierlichen und spirituellen Sinn einem Baby zu *danken* und dergleichen, das krieg ich wirklich schwer hin.

Bekannt, sagte er.

Bekannt bekannt bekannt! rief sie. So ist nun mal Ehe! Was ist *nicht* bekannt, nach so vielen Jahren?

Es gibt die Möglichkeit zu reifen, sich zu verändern. Soll beim Menschen mit dem Älterwerden vorkommen. Sie kriegen neue Ideen, eine andere Einstellung. Während er redete, erforschte er sein Gedächtnis nach guten Beispielen aus dem Freundeskreis, aber vor einem brauchbaren Fund störte Flora, sie lamentierte: Sein Geburtstag liegt so schrecklich lang zurück. Außerdem sind unsere Festsitten bloß heidnisch.

Er wußte, Flora hatte überhaupt noch nichts vorbereitet. Die Weihnachtskartenbestellung war erfolgt, die Lieferung vollzogen, aber geschrieben hatte sie keine, und mit jeder Post kam bereits irgendein Gruß von Freunden, sie schimpfte über jeden, mokierte sich über kleine Gaben, Freundinnen bevorzugten ausgefallene Kerzen, und pietätlos zündete sie eins von diesen verachteten Exemplaren an, eine original Münsterländer Knisterkerze.

Der Geburtstag von Omama Trudi wird ja auch immer weitergefeiert. Er fand seinen Einfall gut und nicht gut.

Ihre Großmutter war so etwas wie die Familienautorität gewesen und seit zwölf Jahren tot.

Aber niemand erwartet ihre Wiederkehr, wie wirs vom Heiland tun..., oder stimmt das nicht ganz? Flora überlegte. Gilt das für den Messias? Oder für Mohammed? Na egal, wers auch ist, er kommt nicht.

Flora konnte nicht einschlafen. Sie hielt sich für ziemlich gläubig, jedenfalls für die einzige Gläubige in der ganzen Familie. Es entlastete sie, über Weihnachten herzuziehen, warum nur? Sie hatte fast kein schlechtes Gewissen dabei. Wer es auch ist, zu kommen braucht er ja gar nicht. Dank ihm wissen wir von Gott Näheres und Erfreulicheres als das aus dem Alten Testament, und daß wir nach dem Leben hier das bessere Leben dort finden, endlich endlich, und wäre man nur pervers genug, dann könnte man sich ganz fulminant auf den Tod freuen. Flora hatte sich in eine versöhnliche Gemütsverfassung gegrübelt und schlief mitten in der Einleitung des guten Vorsatzes ein, die mit *Sei morgen eine friedfertige und* anfing.

Und es ging wieder schief. Flora beklagte die Zeitopfer, die das Fest ihr abverlangte. Schließlich fragte er:

Gegen Weihnachten zu rebellieren, findest du das eigentlich originell?

Es ist ebenso wenig originell, dafür zu sein. Blindlings mitmachen ist am allerwenigsten originell.

Trotzdem, was dich betrifft, du könntest dir was Neues einfallen lassen. Das wäre vor allem andern einfach intelligent.

Flora stieg zu voller Form auf: Sehr originell, und auch was Neues wärs, wenn *du* dich mal um die ganzen Vorbereitungen und die albernen Weihnachtskartengrüße kümmern würdest.

Immerhin, als Kontrast zu ihrer schlauen Bosheit klang sie gutartig und nach Belustigung, als stelle sie sich vor, wie er schußlig und ahnungslos mit der Festproblematik schlecht zurechtkäme, schließlich an ihr scheiterte.

Laß dir was Neues einfallen, hast du mir geraten. Sie sah ihn ausforschend keck an, dann wiederholte sie, an die Familienrunde triumphal gewandt: Laß dir was Neues einfallen, hat mir euer Vater geraten. Gut, er ist viel unterwegs, ein bißchen mehr Zeit hab ich vielleicht wirklich, na schön, drum habe halt wieder ich die Sache angepackt. Immer diesen Ratschlag im Ohr: Laß dir was Neues einfallen. Sie lachte, weil es sonst niemand tat.

Sie saßen am Eßtisch, und immerhin gab es den traditionellen Kartoffelsalat und Gulasch, nebenher Buffalo Bills Tortilla Chips mit Hamburger Relish und Ingwerkürbis. Seine Töchter schienen ihm an diesem Weihnachtsabend nur zu dem Zweck so weißhäutig und hellblond und ihre Haare wie glattgebügelt zu sein, um ihre schnippische Kühle desto wirksamer zu verströmen. Fast hätte er glauben können, er spüre einen leichten Luftzug. Zum zweiten Mal rief Flora: Also redet nicht über mich, sondern mit mir.

Aber Eva schien sie überhaupt nicht gehört zu haben. Warum muß sie immer gleich ausflippen? fragte sie ihren in Bärtigkeit vermummten und, wie ihr Vater fand, beispielhaft unattraktiven derzeitigen Freund, der es selbstverständlich erst recht nicht wußte, weshalb er nach kurzer Verstörung weiteraß. Der minimale Gesichtsausschnitt, den seine Behaarung freigab, machte einen beunruhigten Eindruck. Sirins Freund hingegen sah nach jedem Blick auf Evas Waldschrat beinah peinlich blank aus, er schenkte allen Captain-Cook-Rotwein nach, heuchlerisch, weil nur sein Glas ständig leer war, und sagte: Sie ist doch ganz schön amüsant, finde ich.

Ihn verstimmte alles. Die Freunde der Töchter waren ästhetische Nieten und geistlos, und Manieren hatten sie schon gar nicht. Und Floras Spleenigkeit ärgerte ihn auch. Sie müßte wissen, daß diesen galaktisch fremden jungen Leuten, die eigenen Kinder eingeschlossen, jeder Sinn für ihre schwarze Komik abging. Trotzdem, die Zeit drängte, für Flora Partei zu ergreifen. Nur: womit? Ehe ihm etwas Rettendes einfiel, half Flora sich selber, wie es aussah, in bester Stimmung siegreich, überhaupt nicht defensiv. Ihm war ziemlich mulmig, als sie verkündete: Ich finde nun mal Ostern spiritueller als Weihnachten. Auferstehung, ewiges Leben, all das. Es hat einfach mehr mit Transzendenz zu tun als eine Geburt, als ein Baby, das in seine Windeln macht.

Ach, Mami, laß gut sein. Sirin, die Ältere, winkte ab.

Auch seine Töchter, leider leider, benahmen sich unhöflich und wie entfernte Bekannte, wie ohne Zusammenhang mit ihrer Mutter. Und auch mit ihm. Sie kamen ihm unaufgetaut vor, im Tiefkühlfach gefrostetes, sehr helles Obst. Er glaubte nicht, daß sie wirklich schockiert waren. Nicht der Mühe wert, sich hier gründlich zu engagieren. Daß er Flora beistehen müßte, wurde immer dringender. Wie wärs mit Jean Paul und »Wer nie zu viel empfindet, empfindet immer zu wenig«? Mit Captain Cook's Hilfe holte er sich Schwung, dann endlich domestizierte seine Stimme die Tischgesellschaft: Ihr selbst, Sirin, Eva, ihr habt seit Jahren Weihnachten ironisiert und euch hierher zu uns geopfert. Aber wir sind nicht die bedauernswerten Altchen, die Weihnachten ohne die Kinderchen nicht packen könnten, ganz und gar nicht, und eure Mutter ists, die sich opfert. Kann sein (Jean Paul sei Dank!), daß sie zu viel empfindet, aber damit gestraft, empfindet sie auch niemals zu wenig so wie gewisse Leute hier an diesem Tisch. Eure Mutter hat den Streß Jahr für Jahr und diesmal dafür gesorgt, daß es nicht eintönig wird. Sie hat sich was Neues ausgedacht. Besser, ihr bringt mal eine Spur von Humor auf, falls vorhanden. Ha ha ha, machten die Gefrierschrank-Töchter, und enttäuscht erkannte er, wie knauserig sie sich für ihre Eltern interessierten. Sie erwarteten nur den Zeitpunkt eines knapp noch höflichen Abgangs mit ihren abschreckenden Burschen. Flora behauptete immer, er wäre bloß eifersüchtig, aber jetzt hatte er keine Zeit, seine angeblich klassischen Väter-Töchter-Gefühle zu überprüfen. Als er in der Küche das Pistazieneis aus der Familienpackung in sechs Portionen aufteilte (Flora machte alles hastig, und deshalb geriet bei ihr jede erste Dosis voluminös, die dritte bereits vorsichtig, Tendenz fallend von der vierten an und die sechste zur Miniatur), da erschien zum Aufkorken einer weiteren Captain Cook's der blanke Freund. Kompliment, eins zu null für den Hausherrn! Mit Ihnen ist sowieso bei den Mädchen schwer Schritt zu halten. Stimmts? Der Blanke drehte sich nicht um, aber ein hinter Behaarung schalltotes Gebrumm verriet irgendwo in Türnähe den Bärtigen, signalisierte Zustimmung. Herr des Hauses! Konkurrenz, nicht zu schlagen! Seine Stimmung hob sich. Gar nicht ganz so übel, die zwei Burschen. Über Geschmack ließ sich nun mal nicht streiten. Und als später Sirin ihre Nase in den roten Kaschmirschal kuschelte und Eva ihren Scheck bewunderte und sie *Du bist total süß* und *Superpaps* durcheinander lobten, erleuchteten sie seine Erinnerung an die anschmiegsa-

men, zutraulichen kleinen Mädchen, die vor fast zwei Jahr-
zehnten hinter ihm hergezockelt waren.

Aber eine gute Idee wars wirklich nicht gewesen. Beim
Versuch, sich, unterstützt von Barth und Bultmann und deren höflich-geduldigem, streitvermeidendem Brieftaus-
tausch, einzuschläfern, mußte er an das Neue denken, das
Flora eingefallen war. Es grenzte an Irrsinn, und sie hätte es
mit ihm besprechen sollen. Trotzdem, und vielleicht hatte
seine Gnade mit ihr, die weit über den eingeübten Gleichmut hinausging, irgendwas mit Weihnachten zu tun, er bereute es nicht, daß er, bevor eine unerwartete Harmonie die
Mixtur der kirchlichen Feste und der sechs Personen zu-
sammenführte, in die Hände geklatscht hatte zum Kommando: Also los! Was mich betrifft, ich hab ganz und gar
nichts dagegen, jetzt endlich mit dem Ostereiersuchen an-
zufangen!

Er klappte das Buch zu. Beim Lichtausknipsen rührte ihn
der schiefangenähte Träger vom Nachthemd auf Floras
Schulter, oder wars ihre Haut und daß sie an den simpelsten
Näharbeiten scheiterte? Ihre Lider zuckten wie vor An-
strengung, darunter eine aufregende Traumszene zu schützen, die Air-France-Augenbinde, schräg stirnaufwärts gerutscht, verlieh ihr ein etwas gangsterhaftes Aussehen – die
ganze schillernde problematische Flora rührte ihn, ihr Kin-
derschlaf nach einem vollgestopften Tag der trotzig-über-
eifrigen Spiellaune, ein Einzelkind unter lauter normier-
ten Erwachsenen. Man sollte der erwachsenen Flora nicht
Anpassung und Besonnenheit abverlangen. Ihr zubilligen,
daß sie zuweilen zu viel empfand und deshalb nie zu wenig.
Immer mehr, wenn er diesen komplizierten 24. 12. rekapi-
tulierte, kam Flora ihm wie ein Kind vor, nicht nur wenn sie

schlief, erst recht die wache Flora, kindlich im Gegensatz zu den Töchtern. Hinter seine geschlossenen Augen transportierte das dämmernde Bewußtsein bebilderte Tagesimpressionen, alles ging wie beim Zapping durch die TV-Programme ineinander über, und verjagte das Aufstöbern von Verstecken der Weihnachtsgeschenke, den gedeckten Eßtisch, vom Geschirr her assoziierte er sich zu Synonymen seiner drei Frauen im Haus, seine durchsichtigen Mädchen hatten etwas Gläsernes (ohne Captain Cook's dunkelrotes Leuchten darin), Flora hingegen war die buntbemalte spanische Keramikschale für ihre Relish-Dips und Taco-Chips. Die kurze Wucht, mit der er sie liebte, kam seiner Sehnsucht nach Schlaf in die Quere, trotzdem hätte er ihr ein wenig von seinem Ideentreibgut erzählen sollen, die Vorstellung, daß sie enttäuscht eingeschlafen war, paßte ihm nicht. Doch Lust, sie zu wecken, hatte er auch keine. Weihnachten, fand das nicht so oder so im Kopf statt? Er wurde jetzt schläfrig. Ach, und: ach ja. Wer war das noch, Karl Barth vermutlich, der mit dem Kürzestgebet? Erste Stufe: Ach! Darauf vom Seufzer in Not ein Gedankensprung in die Freiheit des Vertrauens, die zweite Stufe, das *Ja!* Und zuletzt das verzagte *Ach* mit dem mutigen *Ja* verzahnt zum Konzentrat Einwilligung: Ach, ja! Vor-sich-hin-Murmeln war sein Schlafmittel, er benutzte es: Ach, Flora! Ja, Flora! Ach ja, Flora!

2. Auflage dieser Ausgabe 2001
Copyright © Pendo Verlag GmbH
Zürich 1998
Gesetzt aus der Baskerville
Satz: Uhl + Massopust
Druck und Bindung: Clausen & Bosse, Leck
Printed in Germany
ISBN 3-85842-415-3

GABRIELE WOHMANN
**Abschied von der Schwester**
224 Seiten.
Gebunden.
DM/sFr 34–, öS 248,–

Gabriele Wohmanns bisher persönlichstes Buch handelt von
der außergewöhnlichen Vertrautheit und Zuneigung zweier
Schwestern. Als bei der Älteren ein inoperabler Gehirntumor
diagnostiziert wird, beginnt eine Zeit der Angst, des Hoffens
und des Abschiednehmens.
Mit ihrem ganzen erzählerischen Können beschreibt die Autorin, wie vielschichtig und wechselhaft die Gefühle sind, die
bei der Kranken, den Angehörigen und Freunden aufbre-
chen. Schonung oder Konfrontation, was ist der Kranken,
was einem selbst zuzumuten? Kann man Schmerz und Angst
überhaupt teilen? Was bleibt, wenn nicht nur der körperliche
Verfall fortschreitet, sondern sogar das Sprechen, Schreiben,
Lesen unmöglich wird?

*»Mit ›Abschied von der Schwester‹ hat Gabriele Wohmann ihre*
*literarische Meisterschaft bestätigt.« (Welt am Sonntag)*

GABRIELE WOHMANN
**Frauen machens am späten Nachmitteag**
Sommergeschichten
224 Seiten. Gebunden.
DM/sFr 29,80, öS 218,–

Wenn die Temperaturen steigen, kochen die Gefühle hoch:
Verliebtheit und Seitensprünge, neue Einsichten und Zusam-
menbrüche. In Gabriele Wohmanns neuen Erzählungen be-
finden sich alle in einem Ausnahmezustand: die ehrgeizige
Professorin, die durch den Unkraut jätenden Studenten völlig aus dem Konzept gebracht wird, der junge Mann, den seine künftige Schwiegermutter mehr fasziniert als seine Freundin oder die Kundin, die sich auf raffinierte Weise kostenlos
ein ganzes Warenlager anlegt …

*»Scharfsinnig und scharfzüngig, amüsant und hintergründig,
wie nur Gabriele Wohmann schreiben kann, sind die Sommergeschichten eine ideale Lektüre für Urlaubsreisende und
Daheimgebliebene.« (Nürtinger Zeitung)*